QUE SAIS-JE ?

Le roman français au XIXe siècle

ROSE FORTASSIER

Deuxième édition corrigée

13e mille

DU MÊME AUTEUR

Les Mondains de « La Comédie humaine », Paris, Klincksieck, 1974 (ouvrage couronné par l'Académie française).

Editions :

BALZAC, *Le Colonel Chabert* et *Ferragus*, Libr. gén. française, 1973.
Une ténébreuse affaire, *ibid.*, 1973.
La Duchesse de Langeais et *La Fille aux yeux d'or*, Gallimard, coll. « Folio », 1976.
Le Père Goriot, *Histoire des Treize*, *Le Médecin de campagne*, *Pathologie de la vie sociale*, in *La Comédie humaine*, Gallimard, Bibl. de la Pléiade, 1976-1981.

Aloysius BERTRAND, *Gaspard de la Nuit*, Paris, La Compagnie typographique, 1979.

J.-K. HUYSMANS, *A rebours*, Imprimerie nationale (coll. « Lettres françaises »), 1981 (Prix de l'édition critique).

Les Ecrivains français et la mode de Balzac à nos jours, PUF (coll. « Ecriture »), 1988.

ISBN 2 13 042073 7

Dépôt légal — 1re édition : 1982
2e édition corrigée : 1988, septembre

108, boulevard Saint-Germain, 75006 Paris

INTRODUCTION

Il nous faut d'abord justifier le strict respect que nous avons des millésimes : 1800, 1900, qui étonnera peut-être. En effet de grands événements politiques et sociaux invitaient à étendre ici le champ du mot *siècle*. Le XIXe siècle littéraire — révolutionnaire, individualiste et social tout ensemble — commence avec la Révolution : c'est au nom de cette Révolution que tel roman comme *La Dot de Suzette* (1798) de Fiévée conteste le bien-fondé des barrières sociales. A l'autre extrémité du siècle, c'est la guerre de 1914-1918 qui, en mettant fin par le sang à une civilisation, bouleverse et renouvelle aussi une thématique et une technique romanesques. Toutefois notre *terminus a quo* nous paraît suffisamment justifié par la pauvreté de la production romanesque de 1789 à 1800 et le retour de l'exilé Chateaubriand (1800), qui « aborde la France avec le siècle », apportant dans ses bagages l'œuvre qui allait modifier la sensibilité française, *Atala*. Quant au *terminus ante quem*, il s'explique par l'existence dans la collection « Que sais-je ? » d'un *Roman français depuis 1900*.

Ainsi endigué dans ses frontières officielles, le XIXe siècle romanesque aura du moins l'avantage de dessiner, aux yeux du lecteur qui aurait le goût de la symétrie, une flatteuse parabole. En effet le roman de ce siècle (pour nous en tenir à la « grande » littérature), d'abord aux écoutes de la vie intérieure (jusqu'en 1820 environ), investit ensuite tout le monde extérieur, jusqu'à revenir, dans ses deux dernières décennies, à une psychologie feutrée et à l'exaltation du moi. Né du silence, et, après les grandes voix du réalisme, y retournant.

C'est là une vision dans le goût de la critique littéraire 1900, qui distingue volontiers un roman réaliste et social (voire socialiste), d'un roman personnel, d'analyse, ou, si l'on préfère, d'un roman de *l'individu* ; à ce dernier genre vont d'ailleurs en général les sympathies d'historiens littéraires 1900, aux sentiments aristocratiquement moraux ! Il va de soi que cette distinction ne saurait aujourd'hui nous suffire. Malgré la persistance, à travers tout le siècle, de genres, de courants, de thèmes (correspondant à des tempéraments), elle ne peut fournir un plan d'exposition, lequel doit être *chronologique*. Les romanciers eux-mêmes nous l'imposent, qui tous ont eu conscience d'appartenir à des *générations*, entre lesquelles les bouleversements politiques et sociaux (Restauration de 1815, Révolutions de 1830 et de 1848, défaite de 1870) creusaient de profonds fossés. Ces romanciers ont d'ailleurs le sens de l'histoire, ils croient au progrès, et ils pensent avoir mission, d'école en école, de distancer leurs prédécesseurs, auxquels ils ajoutent, auxquels ils s'opposent, reculant les frontières d'un genre.

On s'étonnera peut-être de voir figurer dans cette histoire du roman des écrivains et des œuvres abolis par l'utile décantation qu'a opérée, avec toute le recul voulu, notre XXe siècle octogénaire. C'est que nous n'avons pas voulu retenir seulement les romans que leur qualité a rendus en quelque sorte classiques et qui, à ce titre, mériteraient seuls d'être retenus dans un ouvrage universitaire. Même s'il a conquis droit de cité, le roman n'est pas encore très *considéré* au XIXe siècle. Dans la *Bibliographie de la France*, « romans et contes » arrivent en queue du cortège hiérarchique : religion, droit, philosophie et morale, et toutes les sciences politiques, militaires, médicales, naturelles et même occultes ! Il reste ce genre méprisé, destiné de tout temps à l'amusement des femmes, toujours supposées oisives et romanesques, et à celui du peuple, quand il sait lire : Balzac lui-même ne souhaite-t-il pas satisfaire également la duchesse et sa femme de chambre ? Et il est vrai que c'est ce public qui assure par sa demande l'existence du roman, dont on ne saurait négliger la vie un peu honteuse, en marge, comme souterraine parfois. Cette considération nous a amenée à rapprocher aussi dans notre *Chrono-*

logie les titres prestigieux et ceux de romans marginaux et populaires que leurs gros tirages et leurs nombreuses rééditions ont mis entre toutes les mains. Ils hantent encore nos imaginations, mais notre mémoire cherche souvent en vain à qui les attribuer, car ils flottent dans l'intemporel, soit que les auteurs aient devancé leur époque ou qu'ils aient été au contraire des « attardés », soit que leur audience se soit curieusement prolongée — par exemple en glissant de la littérature pour adultes aux classiques de l'enfance. A moins encore que l'écran (grand ou petit) ne leur ait donné une seconde jeunesse. Peut-être aura-t-on plaisir à pouvoir les resituer en leur temps. Aux Enfers de la chronologie il s'ensuivra d'amusantes rencontres entre auteurs qui ne se ressemblaient pas et s'appréciaient médiocrement, entre publics qui s'ignoraient ; et, pour les œuvres, des voisinages qui parfois révèlent des modes (dans le libellé des titres par ex.), et qui, plus souvent, bafouent les *écoles*, les *mouvements*, et précisément *la chronologie* (1).

Le siècle des romanciers. — An VIII de la République (1800) : le « divin marquis » inaugure le siècle en faisant précéder l'édition de ses *Crimes de l'amour* d'une *Idée sur les romans*, où il déclare que, dans cette sorte d' « ouvrage fabuleux composé d'après les plus singulières aventures de la vie des hommes (...) l'imagination épuisée des auteurs paraît ne pouvoir plus rien créer de nouveau ». Le XIXe siècle

(1) On ne trouvera pas en appendice l'habituelle bibliographie, qui s'avère à peu près impossible à établir pour un sujet aussi vaste : elle pécherait forcément par sa longueur, ou, abrégée, par d'injustes lacunes.

Peut-être s'étonnera-t-on de ne pas voir figurer dans cette étude — comme il était habituel, pendant la première moitié de ce siècle, dans les ouvrages sur le roman — les contes et nouvelles. Il est vrai que la nouvelle, lorsqu'elle est longue, ne se distingue pas toujours d'un court roman (telle *Carmen*, ou *Colomba*, de Mérimée). Autre lien entre les deux genres : il arrive qu'un roman ne soit que la somme de trois nouvelles (*Servitude et grandeur militaires*, de Vigny), ou que le roman emprunte en partie à la nouvelle sa mise en scène et sa technique (*Un prêtre marié*, de Barbey d'Aurevilly) ; et l'on hésite encore sur le critère décisif qui permettrait de distinguer les deux genres. Néanmoins il existe, depuis une trentaine d'années, une critique littéraire qui s'attache particulièrement à la nouvelle et au conte comme à un *genre* distinct. C'est ce qui nous a conduite à écarter en général la nouvelle. Cette exclusion ne lésera pas trop les grands « nouvellistes » du XIXe siècle, dont on lira tout de même le nom dans les pages qui suivent, car ils ont presque tous un ou plusieurs romans à leur actif.

va donner à Sade un merveilleux démenti, lui qui est par excellence le siècle du roman. Même si Stendhal, Balzac, Flaubert et Zola ont d'abord — et même ensuite ! — rêvé la gloire et les profits du théâtre, c'est dans le roman que se sont illustrées les fortes personnalités du siècle. Le genre même du roman a profité, avec quelque retard, de ce que la Révolution avait aboli la distinction entre noblesse et roture, entre genres nobles et genres inférieurs ; il cesse de cacher son jeu, lui qui, au siècle précédent, ne s'avançait que sous le masque des *mémoires*, *histoires vraies*, *vies*, *contes*, *nouvelles*, *lettres*, *dialogues*, au point que l'on peut hésiter à faire figurer dans une bibliographie du roman *Les Aventures de Télémaque*, les *Mémoires du comte de* ***, les *Lettres persanes* ou *Le Neveu de Rameau*. Même si *Atala*, roman, tient beaucoup du poème, et si le poème de *Jocelyn* se présente comme un roman, le genre roman est généralement beaucoup plus reconnaissable au XIXe siècle qu'au XVIIIe. A ce genre tend à correspondre désormais une technique, où naturellement les écoles successives ont introduit des variations, mais qui a pu donner à des lecteurs superficiels ou prévenus l'impression qu'il existait un roman *traditionnel* dont Balzac porterait la lourde responsabilité, et qui n'aurait cédé qu'aux coups répétés de Gide, de Proust, du roman américain et du *nouveau* roman.

Les raisons d'un essor. — Tout d'abord la forte demande d'un « public » accru, ce dont témoigne la vogue des *cabinets de lecture*, et la publication d'ouvrages et d'éditions populaires. Au début du siècle, les tirages restent néanmoins faibles (de 500 à 1 000 exemplaires pour un premier tirage de roman), les cabinets de lecture répondant à la demande de lecteurs qui ne pouvaient faire l'achat d'un ouvrage ; et le roman reste soumis à l'infamie des deux ou quatre volumes in-12 (le in-8° étant réservé à la poésie et aux livres sérieux). A partir de 1830, mais surtout de 1840 à 1848, le roman bénéficie du meilleur marché des livres, qui résulte de la découverte du papier fait de fibre végétale, et des perfectionnements de la presse ; découvertes qui, en Angleterre, ont déjà servi, avant 1830, Byron et Walter Scott. L'illustration des romans profite aussi de l'invention et de l'amélioration du procédé lithographique.

Les plus grands dessinateurs du siècle ont illustré des romans (Daumier, Doré, etc.). A partir de 1836, le roman est le grand bénéficiaire de la naissance d'une grande presse, dite « presse à 40 F », qui peut baisser ses prix grâce à l'insertion d'*annonces* (publicité) ; l'ensemble des journaux parisiens passe de 70 000 abonnés à 200 000, et ils se mettent à proposer à leurs lecteurs en bas de page une œuvre romanesque en feuilleton : premier titre, officiellement, dans *La Presse* d'Emile de Girardin : *La Vieille Fille* de Balzac (1836). *Le Juif errant* d'Eugène Sue, en 1844, fait passer *Le Constitutionnel* de 3 000 abonnés à 40 000. Le feuilleton tient en haleine, grâce au mot magique : « La suite au prochain numéro », des lecteurs nombreux qui exigent des émotions et d'heureux dénouements, imposent une langue et un style, et font entrer, à titre de héros, dans le roman qui leur est destiné, les représentants des classes laborieuses et *dangereuses*, les âmes obscures.

On ne saurait négliger les aspects sociologiques du roman. Sous la Monarchie de Juillet il fait en quelque sorte l'éducation du peuple (comme avait fait la chanson politique sous la Restauration) surtout lorsque régresse l'analphabétisme, à la suite de la loi Guizot sur l'enseignement (1833). Aux nouveaux lecteurs sont destinés (outre les almanachs de la « littérature bleue ») les romans à quatre sous de Pigault-Lebrun ou de Paul de Kock (plus de deux cents romans humoristiques entre 1813 et 1840) qu'édite Barba, les abrégés des romans de Mme Cottin, d'Alexandre Dumas et d'Eugène Sue, les « romans de cœur » de Louis-François Raban, et les « rossignols », romans in-12 traduits de l'anglais ou de l'allemand, ou œuvres de Lamotte-Langon, Léon de Wailly ou Custine, que leurs éditeurs, Gosselin, Audin, Lecointre, Mame ou Levasseur écoulent par le colportage, si florissant sous Louis-Philippe. Les plus grands romanciers du siècle se laisseront tenter par le roman populaire ; Balzac rêvera les larges circuits de distribution et songera d'abord pour son *Médecin de campagne* au format populaire in-18. Zola devra les gros tirages de *L'Assommoir* et de *Germinal* à l'erreur du public qui les prit pour des romans populaires. Et si Sainte-Beuve fustige du nom de « littérature industrielle » le roman feuilleton, le romancier Champfleury proclame : « Le public du livre à vingt sous, c'est le vrai public. »

Sous le Second Empire, l'éditeur Hetzel donnera une forte impulsion à la littérature populaire à grand tirage, s'associant ensuite avec le fondateur de la Ligue de l'Enseignement, Jean Macé, pour faire du livre à grande diffusion une arme au service du peuple. A la fin du siècle, l'éditeur devient un véritable accoucheur des romanciers par les collections qu'il crée, *Bibliothèque des chemins de fer* (Hachette vers 1860), *Bibliothèque des romans* (Plon), *Les Maîtres du roman* (Dentu vers 1890). Même si la France au XIXe siècle n'atteint pas les énormes tirages anglais (par ex., à partir de 1885, le livre à six pence qui tire à des dizaines de milliers d'exemplaires), on voit en France un gonflement des tirages qui profite surtout au roman populaire.

Tributaire de l'économie, le roman l'est aussi de la publicité donnée aux ouvrages nouveaux dans les journaux et revues, sur la dernière page des ouvrages de collections bon marché, ainsi que des critiques qu'il suscite, au même titre que les pièces de théâtre, dans les revues. Le roman augmente son audience par le fait qu'il est souvent l'objet au XIXe siècle d'une transposition dramatique : né souvent du mélodrame, il y retourne. Enfin le succès du roman français — souvent directement accessible à des lecteurs viennois, vénitiens ou pétersbourgeois qui parlent français — se mesure aussi au nombre des traductions, sans parler des contrefaçons dont Bruxelles s'est fait une coupable spécialité.

L'impérialisme du roman. — Conquérant comme la bourgeoisie (dont il devient le moyen d'expression privilégié, dont il traduit en longs inventaires la passion pour la possession des objets, en même temps que l'ambition politique et sociale), le roman reprend son bien au théâtre, le roi Lear se muant en père Goriot ou en père Fouan (Zola, *La Terre*), Harpagon en Grandet *(Eugénie Grandet)* ; il annexe le conte philosophique, les portraits et maximes des moralistes ; il rivalise avec l'histoire, qu'il contribue d'ailleurs à créer. Et il trouve souvent une caution, un système et une méthode dans les métaphysiques, les sciences et les arts de son temps. Il déborde de toutes parts une définition académique périmée (qu'on lit pourtant encore dans le *Dictionnaire de l'Académie française* de 1835 et 1878) d' « histoire feinte, écrite en prose, où l'auteur cherche à exciter l'intérêt, soit par le développement des passions, soit par la peinture des mœurs, soit par la singularité des aventures ». Son champ d'action n'a cessé de grandir depuis l'an 1800, où Mme de Staël pouvait encore déplorer : « On n'a consacré jusqu'à présent les romans qu'à peindre l'amour. » Même lorsqu'il naît des rêveries d'un homme ou d'une époque, le roman, au XIXe siècle, rompant avec la seule illusion, revendique presque toujours la recherche de la *vérité*, à travers la peinture d'une *réalité* qui se confond souvent avec l'*actualité* (2).

Instrument de connaissance et d'information, il englobe ainsi progressivement tout au long du siècle les divers cantons de la réalité géographique, psychologique et sociale. Peu à peu, à travers le roman, toutes les ombres de l'enfer social arrivent aux portes de la vie littéraire. Tributaire de son époque, le roman se veut le fidèle miroir de toute une société, racontant des vies fortement ancrées dans le réel, annexant progressivement la peinture des différents milieux, classes, provinces ; les êtres et les choses ; les diverses passions et leurs décors. L'individu n'y apparaît généralement que confronté

(2) Cette revendication s'exprime dans les préfaces où nombre de romanciers ont cru devoir expliquer et justifier leur sujet, leur technique, voire leur mission. Voir GERSHMAN et WHITWORTH, *Anthologie des préfaces de romans français au XIXe siècle*, 1965.

à une société où il cherche à se faire une place, dans une lutte où se perdent les illusions et parfois la vie. Cette lutte ne se rencontre pas seulement dans le roman de l'ambitieux ou de l'affairiste, mais aussi dans ce qu'on a nommé le « roman de l'artiste » qui prend pour héros un intellectuel, un artiste, un génie (*Stello*, de Vigny, *Charles Demailly* des Goncourt, *L'Œuvre* de Zola).

Tout un siècle se mire ainsi dans le roman et quelquefois l'imite. Les lectrices de Saint-Pétersbourg, de Vienne ou de Yonville ne demandent pas seulement aux romans de Balzac ou d'Eugène Sue des modèles d'ameublement, mais aussi des leçons de bon ton, des idées et des sentiments. A partir de Balzac, il devient une telle mine de documents que les historiens d'aujourd'hui vont chercher l'image des sociétés, les mentalités, l'imaginaire même d'un siècle chez Balzac, Zola, Jules Verne, voire chez la comtesse de Ségur !

Alliant les contraires, le roman français au XIXe siècle récuse le romanesque auquel il fait constamment appel. Prométhéen, il veut être une somme ; il fait concurrence à la vie dont il imite le foisonnement, il annexe le temps et l'espace ; et, à partir d'une revendication du réel, il « fait » lui-même, selon le mot de Balzac, « la réalité », et s'élève souvent ainsi, grâce à l'imagination, à la puissance de l'écrivain et à sa métaphysique, jusqu'à la création d'un *univers*.

Chapitre Premier

L'ORÉE DU SIÈCLE

Débuts modestes : le *Journal typographique et bibliographique* des années 1800-1801 ne propose guère aux amateurs de romans que des ouvrages féminins, français ou traduits de l'anglais, donnant en général dans l'attendrissement (1). Ce ne sont qu'*Enfants abandonnés*, *Petits orphelins du hameau*. *Werther* engendre une postérité de pâles héros et de mourantes jeunes filles (Nodier, *Les Proscrits*, 1802 ; neuf ans plus tard *Le Lépreux de la cité d'Aoste* de Xavier de Maistre). Du côté français, les romanciers offrent, selon la terminologie des cabinets de lecture, des romans gais, des romans d'intrigue sentimentale, des romans noirs. C'est l'Angleterre (Anne Radcliffe, *Le Mystère d'Udolpho*, *L'Italien*) qui fournit en particulier à Ducray-Duménil ses personnages, que reprendra le mélodrame, de traître et de protecteur se disputant une douce héroïne dont l'identité est inconnue (*Paul ou la Ferme abandonnée*, 1800 ; *Elmonde ou la Fille de l'hospice*, 1804 ; *Le petit carillonneur*, 1809). Le roman gai, qui a pour principal pourvoyeur Pigault-Lebrun (*Mon oncle Thomas*, 1799 ; *Monsieur Botte* et *Le Citateur*, 1803) abonde en situations picaresques, accidents, quiproquos, et offre, avec ses per-

(1) Dans toute cette période, une seule œuvre théorique, qui date de 1795 : l'*Essai sur les fictions* de Mme de Staël.

sonnages bourgeois ou populaires, une satire du romanesque.

Le roman par lettres. — Le roman sentimental, lui, se confond en partie avec ce *roman par lettres* qui a produit des chefs-d'œuvre au XVIIIe siècle, mais qui, sous l'Empire, est tombé en quenouille, avec une dizaine de romancières parmi lesquelles Mme de Charrière (*Louise et Albert*, 1803), Mme Cottin (*Claire d'Albe*, 1799 ; *Malvina*, 1800 ; *Amélie de Mansfield*, 1802), Mme de Souza (*Charles et Marie*, 1802 ; *Eugène de Rothelin*, 1808), Mme de Krudener (*Valérie ou Lettres de Gustave de Linar à Ernest de G****, 1804) et Mme de Staël. Les sensibles héros de ces *Lettres* appartiennent généralement à un grand monde conventionnel et décoloré, dont quelque Alceste, sauvage et intègre, Anglais ou Américain inspiré de Franklin, dénonce les faussetés ; monde pathétique aussi où les mariages de convenance entraînent des désespoirs d'amants que la vie sépare et que réunit le tombeau. Mais ce pathétique aboutit finalement à une morale mondaine clairement énoncée, à l'usage des demoiselles et des jeunes femmes. Rappelons que Nodier donnera en 1820 un roman par lettres, et c'est par cette forme romanesque que Balzac débutera en 1819 (*Sténie ou les Erreurs philosophiques*, inachevé et non publié alors) et c'est lui qui créera le dernier chef-d'œuvre du genre (*Les Mémoires de deux jeunes mariées*, 1842). En ce tout début du siècle, le genre est illustré par Mme de Staël et par Senancour.

Mme de Staël (1766-1817). — Dans son premier roman, *Delphine* (1802), l'intrigue, les personnages, le ton et le souci moral ne se distinguent guère de ceux des romans précédemment cités. Une jeune veuve, d'une générosité et d'une personnalité supérieures, s'éprend de Léonce de Mondoville, qu'elle a elle-même contribué à marier, en la dotant, à une peu sympathique cousine. Leur commune honnêteté suffirait sans doute à empêcher les deux héros de succomber à leur amour, si les calomnies d'une perfide parente (qui trouvent quelque vraisemblance dans l'attitude indépendante de Delphine) ne les séparaient cruellement, entraînant la mort de Léonce. Tout le roman veut prouver qu'une femme doit veiller au soin de sa *gloire* sous peine de malheur ; moralité qui sentirait les berquinades mondaines des Genlis et des Campan, si l'on ne voyait tout ce que la femme-auteur a mis d'elle-même dans sa douloureuse héroïne. Ce qu'avoue la préface :

« Cherchons donc toutes les ressources du talent, tous les développement de l'esprit, dans la connaissance approfondie des affections de l'âme, et n'estimons les romans que lorsqu'ils paraissent, pour ainsi dire, une sorte de confession dérobée à ceux qui ont vécu comme à ceux qui vivront. »

Le second roman de Mme de Staël (qui n'est plus un roman par lettres), *Corinne ou l'Italie* (1807) remplit encore mieux ce programme. Comme sa créatrice, Corinne est une femme de génie ; poète admirable dans l'improvisation, elle charme le mélancolique lord Oswald Nelvil, que le hasard conduit à Rome le jour même où Corinne est couronnée au Capitole. Un amour partagé ferait le bonheur des héros si l'Ecossais ne s'avisait que son devoir l'oblige à représenter ses concitoyens à la Chambre des Lords, et à épouser une insulaire toute dévouée à sa carrière politique. Ce qu'il fait ; mais l'amour le ramène à Rome aux pieds de la malheureuse Corinne, incapable de supporter un abandon qu'elle avait accepté. Transposition de l'idylle romaine avec un jeune et séduisant Portugais, de Souza, futur homme politique, le roman évoque aussi, comme le promet le sous-titre, les arts et la littérature d'un pays ; il inclut les compositions qu'inspirent à Corinne les paysages les plus brillants, et en particulier des *poèmes en prose* qu'improvise Corinne triomphante, puis mourante. Ce qui ne va pas sans lasser, tant le narcissisme de Mme de Staël s'étale en ce personnage qui est, comme son auteur, perpétuellement en représentation ; mais qui émeut aussi, car sa solitude douloureuse, rançon d'un encombrant génie, rappelle trop bien le destin d'une femme pour qui « la gloire [fut] le deuil éclatant du bonheur ».

Cependant que le roman féminin d'analyse s'édulcore en roman d'éducation, Mme de Duras lui redonnera, sous la Restauration, un certain intérêt, en faisant de ses héros les victimes de préjugés sociaux. L'héroïne qui donne son nom à *Ourika* (1824) est une jeune Noire élevée par sa protectrice dans tous les raffinements aristocratiques, et qui apprend soudain que les préjugés raciaux la vouent au célibat et au cloître ; Edouard (*Edouard*, 1825), roturier à l'âme aristocratique, n'ose franchir les barrières sociales qui le séparent de Mme de Nevers qui l'aime.

Senancour (Etienne Pivert de), 1770-1846. — L'*Obermann* de Senancour (1804, repris du roman *Aldomen*, 1795) comprend 91 lettres couvrant sept années. Obermann écrit à son unique ami, qui est censé répondre, mais on ne nous donne pas à lire les réponses ; et comme Obermann lui annonce qu'il parlera « comme on se parle à soi-même », ce roman à une voix ressortit finalement au journal intime. Obermann, qui ne se veut absolument pas, malgré son nom, un surhomme, fuit une situation assurée qui l'empêcherait « d'étudier son être » et va chercher en Suisse un asile solitaire où il aura tout loisir de dominer le sort par « l'heureuse permanence du sage ». La recherche de ce séjour l'entraîne dans des voyages autour du lac de Genève, qui nous valent des descriptions préromantiques, destinées à « donner des lumières, peut-être trop négligées, sur les rapports de l'homme avec la nature », et des méditations. Car, disciple inconditionnel de Jean-Jacques, Senancour marche dans les pas de l'auteur de *La Nouvelle Héloïse* et des *Rêveries du promeneur solitaire*. Réédité à l'époque romantique, *Obermann* inspirera le Balzac du *Lys dans la vallée* décrivant les vendanges.

En 1833 aussi, Senancour donne un second roman par lettres (à une seule voix aussi), *Isabelle*, qui se présente comme une esquisse morale, et donc l'héroïne tient son amie Clémence au courant de ses amours, des voyages où ils l'entraînent, jusqu'à ce qu'une *conclusion* dise la mort de l'épistolière.

Chateaubriand : le roman lyrique et épique. — Il nous faut revenir en arrière de trois ans pour noter la naissance du roman qui fit vraiment date, *Atala* (1801). Comme *René*, *Atala ou les Amours de deux sauvages dans le désert* est une esquisse (détachée de l'ouvrage des *Natchez*, auquel Chateaubriand a travaillé à Londres), conçue ensuite en 1800-1801 comme un « épisode » poétique et romanesque, et une illustration du *Génie du christianisme* (publié seulement en 1802) alors en chantier : « C'est une sorte de poème, moitié descriptif, moitié dramatique », écrit l'auteur ; « tout consiste dans la peinture de deux amants qui marchent et causent dans la solitude, et dans le tableau des troubles de l'amour au milieu du calme des déserts ». Nous ne rappelons le sujet d'une œuvre aussi célèbre que pour en marquer la structure :

Prologue : le vieux sachem aveugle, Chactas, remontant en pirogue le Mississippi avec le Français René exilé chez les Indiens d'Amérique, lui raconte les aventures de sa jeunesse.

Récit : fils adoptif de l'Espagnol Lopez, Chactas s'est enfui dans les déserts de ses ancêtres, a été fait prisonnier et condamné à mort par une tribu ennemie. Sauvé par la fille du chef, il fuit avec elle, mais elle refuse de céder à un amour partagé. Un missionnaire, le P. Aubry, accueille les jeunes gens ; au retour d'un voyage à la Mission, Chactas et l'ermite trouvent Atala mourante ; elle s'est suicidée par désespoir de ne pouvoir appartenir à Chactas, sa mère, Indienne convertie, ayant à son lit de mort voué à la virginité la fille qu'elle a eue de Lopez. Atala fait promettre à Chactas de se convertir. Elle meurt assistée par Chactas et le P. Aubry qui lui font de touchantes funérailles. *Epilogue* : des années plus tard, une descendante indienne de René raconte à un voyageur européen rencontré près du Niagara le martyre subi par le Père, et par le chrétien Chactas.

Dans ce roman, si la place faite à l'homme de la nature, à l'exotisme, aux malheurs qui naissent d'une religion mal entendue, et à la sensibilité de ces Paul et Virginie américains, apparaît comme un héritage du XVIIIe siècle, tout était neuf dans la forme, le ton, le style de cette « épopée de l'homme de la nature », aux magnifiques épisodes des *Chasseurs* et des *Laboureurs* ; épopée chrétienne aussi, dont un prêtre est le héros ; et autobiographie émouvante, car Chactas amoureux et converti trouve en la triste Atala tous les charmes des pseudo-Floridiennes, Anglaises et Créoles aimées, et de la « démone » des rêveries de Combourg. Mais tout cela n'eût rien été sans l'harmonie incantatoire, jamais entendue encore. Le succès fut immédiat, immense et populaire, au point de gêner parfois son bénéficiaire. Le roman connut cinq éditions en un an, il fut dans les trois années suivantes traduit en sept langues, et inspira plus ou moins heureusement peintres, sculpteurs et compositeurs, coiffeurs, fabricants d'assiettes et de pendules.

Pendant à *Atala*, *René* parut pour la première fois en 1802 dans *Le Génie du Christianisme* où il illustrait le chapitre *Du vague des passions*, et il y resta incorporé jusqu'en 1805, date à laquelle il fut publié (pour la septième fois) avec *Atala*. Dans *René*, c'est au tour du Français, fils adoptif de Chactas, de conter, comme dans l'*épopée*, ses aventures à Chactas et au P. Souel, missionnaire.

Une enfance solitaire a nourri en René une imagination que la vie ni les voyages ne pouvaient assouvir. L'étrange éloignement d'une sœur tendrement chérie, qui prend le voile pour le fuir, s'explique brutalement par une passion incestueuse. Révélation qui a jeté René dans les solitudes du Nouveau Monde. Mais une lettre d'Europe vient de lui apprendre qu'Amélie est morte apaisée. Le narrateur trouve en Chactas toute la sympathie souhaitée, mais le P. Souel l'exhorte sévèrement à quitter de stériles rêveries pour une action efficace et bienfaisante.

C'est là un roman pour une bonne part autobiographique, même si l'on peut voir dans l'intrigue presque incestueuse un thème abondamment exploité par les romanciers du XVIIIe siècle finissant, et si elle représente la contamination d'une amitié fraternelle passionnée mais chaste et d'un amour contrarié. Il en fut de *René* comme du *Werther* de Gœthe. Le roman achevé rendit leurs auteurs respectifs à la sérénité et aux soins d'une carrière, et ils en récusèrent les conséquences. Deux générations allaient se reconnaître dans ce héros las de vivre. Ce roman-poème de quelque dix pages créait, en le dénonçant, « le mal du siècle », inventait, selon le mot de Gautier, « la mélancolie et la passion modernes ». Le romantisme français — roman, poésie, théâtre — allait naître pour une bonne part de cette confession.

Plus encore que pour *Atala* et *René*, Chateaubriand aurait souffert de voir figurer parmi les productions romanesques *Les Martyrs* (1809), une épopée. Nous les citons tout de même parce que en prose, et parce que ce n'est pas faire injure à cette œuvre que de trouver aux tribulations du chrétien Eudore et de Cymodocée la belle païenne, à leurs amours, et jusqu'au martyre qui les réunit dans la mort, tout l'intérêt et le charme romanesques possibles.

En 1826 paraissent ensemble, au tome XVI des *Œuvres complètes*, *Atala*, *René* et le troisième et dernier roman de Chateaubriand, *Les Aventures du dernier Abencérage*, écrit seize ans plus tôt, au retour du voyage en Orient et en Espagne. Ce roman, qui est encore un poème de l'exil, se situe à Grenade quelques années après la reconquête, et conte les amours contrariées de Bianca, descendante du Cid, et du dernier rejeton des rois maures, Aber-Hamet, que séparent à jamais, malgré les sentiments chevaleresques d'un frère et d'un fiancé, la religion et une vendetta. Le récit s'inscrit dans un genre né en Espagne, acclimaté en France et qui a fourni beaucoup d'œuvres au XVIIe siècle, le roman mauresque. De ce roman troubadour restent célèbres la promenade des amants dans les jardins de l'Alhambra, au clair de lune, et la romance de Lautrec, *Combien j'ai douce souvenance*.

Ce n'est qu'en 1827 que parurent *Les Natchez*, épopée américaine de l'Homme de la Nature, d'où Chateaubriand avait extrait *Atala* et *René*, et où l'on retrouve Chactas et René. Quant à *La Vie de Rancé* que Chateaubriand écrivit au soir de sa vie (1844) à la demande de son directeur de conscience, on n'ose la classer parmi les romans, malgré le romanesque d'une conversion que détermine la mort d'une maîtresse.

Si *Atala* et *René* créent une sensibilité, ils ne proposent pas dans l'immédiat une technique à imiter. Il faudra attendre l'*Aloÿs* (1829) d'Astolphe de Custine (l'auteur d'*Ethel*, 1836), et la *Confession d'un enfant du siècle* de Musset (1836).

Benjamin Constant (1767-1830) et le roman d'analyse. — Ecrit en 1807, *Adolphe* ne paraît qu'en 1816. Il était temps : en 1804, Constant, empêché d'écrire lui-même par l'exigeante Mme de Staël, avait noté : « A cinquante ans, je ne me pardonnerai pas de n'avoir pas marqué ma place. » *Adolphe* est l'œuvre d'un homme de quarante ans dont l'intelligence précoce et l'ironique lucidité ont très tôt démasqué la fatalité, l'absurdité et le néant de tout. Au moment où il va dénouer ses liens avec Mme de Staël pour épouser Charlotte de Hardenberg, *Adolphe* représente une sorte de bilan et de réflexion autobiographique où passe le souvenir d'autres femmes, Julie Talma mourante, Anna de Lindsay abandonnée, ce qui donne toute sa richesse au personnage d'Ellénore. Confession à la première personne, roman à deux personnages, *Adolphe* raconte la misérable dégradation d'une liaison qui s'achève par l'abandon et la mort de la femme, et la mort morale de son malheureux bourreau. Un peu *Corinne*, du point de vue de l'homme. Roman de la vie sociale aussi, il dénonce, avec « le danger des liens irréguliers », ces crimes secrets que protègent la morale et l'opinion du monde. Le succès durable de ce bref roman silencieux et glacé, et dont l'intrigue naît seulement du jeu des incompréhensions et des résistances, d'où vient-il donc ? Pour une part de ce sujet neuf qu'est la fin inéluctable d'un amour qui ennuie ; du sens de la pitié, mais surtout de la parfaite lucidité du héros que le monde, l'éducation et la religion ont porté à l'analyse. En confessant une expérience liée à un tempérament très particulier et contradictoire, le narrateur-moraliste débusque toutes les ruses de l'amour-propre, de la sincérité et du cœur, décapant la vie humaine de tout faux-semblant. Cette lucidité explique et justifie un style subtil qui, sans écarter le lyrisme, s'exprime volontiers en maximes qui rappellent La Rochefoucauld ou, par sa transparence, fait songer à *La Princesse de Clèves*. Comme Mme de La Fayette, l'auteur use surtout de ce style indirect qui rejette les faits dans le passé, ne nous donne que l'écho des passions passées au crible du souvenir et de l'analyse, rend plus sensible l'atmosphère feutrée, le silence méfiant dans lesquels vivent les deux héros, et plus émouvants les dialogues où flambe soudain leur impatience. Ajoutons que, par suite d'une réflexion visible sur le roman par lettres, Constant ne transcrit directement que les lettres du narrateur, de son père et d'un ami, alors que la seule lettre d'Ellénore transcrite directement est celle, posthume, qui donne enfin raison à la femme, condamne Adolphe et prophétise le malheur que viendront doublement confirmer et la préface de l'éditeur et la réponse de l'éditeur allemand (à la fin du roman). Admirable idée que reprendra Balzac à la fin du *Lys dans la vallée*, dans la lettre de Natalie qui fait basculer soudain le sentiment du lecteur à l'égard de Félix de Vandenesse. Balzac fut sans doute le meilleur lecteur d'*Adolphe*, et, en corollaire, inventa dans *La Muse du département* un Adolphe femelle.

Si l'on excepte le *Volupté* de Saint-Beuve (1834) (qui d'ailleurs ressortit plutôt au roman intime et confidentiel de Senancour et n'a rien des qualités de brièveté du roman d'analyse), avec *Adolphe* disparaît ce genre des *mémoires intérieurs*, où l'aventure d'un héros solitaire, mais en qui se reflète une sorte d'homme universel, se vit (comme dans tous les romans de l'Empire) sur un fond de société aristocratique et oisive dont le poids, immense d'ailleurs, ne réside que dans l'opinion.

Chapitre II

LE ROMAN HISTORIQUE

Le monde fait une rentrée en force avec le roman historique. L'initiateur fut l'Anglais Walter Scott, traduit et apprécié en France. Pour Hugo, rendant compte en 1823 de *Quentin Durward*, le roman de Scott, rompant avec le genre épistolaire et purement narratif, représente enfin le roman dramatique, à scènes. Avec lui, l'histoire n'est plus là pour « donner du prix à la fable », pour « embellir » la vérité, comme disait Mme de Genlis en 1804 ; elle ne se contente pas non plus de se faire « antiquaire », comme on disait alors, en ressuscitant ou en animant des paysages ou des monuments. Elle veut faire revivre un passé *national*, en un temps où l'intérêt se porte sur le développement des littératures nationales. Au moment aussi où, sous l'influence des événements historiques, mais aussi des philosophes comme Vico, Herder, Hegel, on prend conscience que la vie individuelle est historiquement conditionnée, et où l'histoire apparaît comme une lutte entre des forces abstraites, s'incarnant dans des races ou des partis (Normands contre Saxons, patriotes contre Chouans), sinon en des classes. Ces forces s'incarnent aussi en des individus, émanations d'un sol et d'une histoire, créés par les circonstances et portés par elles. Ce n'est pas toujours aux vedettes de l'histoire que le roman demandera ses héros ; cela, non seulement parce que leurs faits et gestes sont trop connus pour donner assez de liberté au narrateur, mais aussi parce qu'ils ne nous laisseraient pas pénétrer dans le peuple même, obscur artisan de l'histoire nationale. « L'histoire, écrit Vigny, est un roman dont le peuple est l'auteur. » Aussi préfère-t-il un personnage inventé « en rassemblant les traits épars dans mille individus complets », et dont il composera un *type*.

A la suite de Walter Scott, de Fenimore Cooper et du Manzoni des *Fiancés*, les auteurs français se tournent donc vers leur propre histoire nationale, que font alors revivre de nombreuses *Chroniques* republiées, et vers 1826, les *Scènes* de Ludovic Vitet *(Les Barricades, Les Etats de Blois, La Mort de Henri III)*. En 1825, *Le Globe* proclame : « On n'écrit plus de nos jours que des romans historiques. » C'est dans ce genre que s'illustrent tout d'abord quatre des grands écrivains romantiques, Vigny, Mérimée, Balzac, Hugo.

Vigny (Alfred de), 1797-1863. — Dans *Cinq-Mars* (1826), Vigny élit un personnage célèbre, que la conspiration de 1639 contre Richelieu a conduit, ainsi que son ami de Thou, à l'échafaud. Mais, dans les *Réflexions sur la vérité dans l'art*, qui servent de préface au roman, l'auteur revendique le droit « de faire céder parfois la réalité des faits à l'Idée que chacun d'eux doit représenter aux yeux de la postérité ». L'Idée de *Cinq-Mars*, c'est que cette première défaite de la noblesse est due à une force, à une Fatalité qui s'incarne en Richelieu, et qu'elle prépare d'autres révolutions, Euménides modernes, qui finalement aboliront en 1789 le pouvoir royal. Le futur auteur de *Servitude et Grandeur militaires* et des *Destinées* a mis beaucoup de lui-même dans ce roman qui est celui d'une cause perdue, de la lutte vaine d'un individu contre le Destin ; et, comme

« ce qui importe c'est la masse des événements et les grands pas de l'humanité qui emporte les individus », *Cinq-Mars*, représente plus largement l'histoire d'une race, d'une classe, celle à laquelle Vigny a conscience d'appartenir.

Vigny projetait de construire d'autres romans autour de l'histoire de ses aïeux *(Le Maine-Giraud, Blanzac)*, mais le roman historique lui parut rapidement insuffisant à montrer, comme il le voulait, « le spectacle philosophique de l'homme profondément travaillé par les passions de son caractère et de son temps » ; il lui préféra donc le roman philosophique et publia *Stello* (1832) et *Servitude et grandeur militaires* (1835), deux œuvres qui, avec *Cinq-Mars*, devaient à son sens constituer « une sorte de poème épique de la désillusion ».

Mérimée (Prosper), 1803-1870. — Le même mois de mars 1829 voit paraître deux romans historiques conçus par des esprits bien différents, la *Chronique du règne de Charles IX* de Prosper Mérimée, *Le Dernier Chouan ou la Bretagne en 1800* par « M. Honoré Balzac ».

La *Chronique*, c'est celle de la Saint-Barthélemy et de la résistance rochelloise, deux épisodes vécus par deux frères qui s'aiment, mais que les hasards de la politique ont placés dans des camps ennemis, au point de faire de l'un d'eux un fratricide involontaire. L'émouvante fin de l'aîné des Mergy, belle figure d'athée et caractère énergique, comme les aime l'auteur, dit l'horreur de Mérimée pour la crédulité et le fanatisme. Mais, contrairement à Vigny, Mérimée ne se flatte pas d'élever le Fait à la hauteur de l'Idée ; il ne veut être qu'un faiseur de contes, qui n'aime que les anecdotes, du moment qu'elles fournissent « une peinture vraie des mœurs et des caractères d'une époque donnée ». Au fil de son récit, il se moque des fabricants de romans historiques et de leurs descriptions de costumes ; il se refuse aussi à dresser le portrait en pied des personnages historiques de premier plan, mais s'amuse en revanche à camper des reîtres picaresques à l'auberge ou des moines se perdant dans des sermons macaroniques. Enfin il refuse de voir dans la Saint-Barthélemy une action concertée par un profond politique ; il la réduit aux proportions d'une insurrection populaire improvisée.

Balzac (Honoré de), 1799-1850. — La première originalité du *Dernier Chouan ou la Bretagne en 1800* (qui, à partir de la deuxième édition en 1834, s'intitulera *Les Chouans ou la Bretagne en 1799*) tient au temps et au lieu choisis par le romancier : une époque très proche encore de la sienne, située, dit-il, « dans la partie la plus grave et aujourd'hui la plus délicate de l'histoire contemporaine », et dont il existait encore des représentants et témoins oculaires ; une province dont la résistance au pouvoir central puis au progrès, illustrée un siècle plus tôt par l'affaire La Chalotais, était toujours sensible en 1829.

Le Dernier Chouan présente « une des faces de la guerre civile au XIXe siècle », celle des partisans. Nous sommes en 1799 : l'insurrection vient de se rallumer, conduite par Montauran, « le Gars ». Pour s'emparer de lui, le Directoire dépêche en Bretagne la séduisante Marie de Verneuil, aristocrate que sa bâtardise a rejetée dans le camp républicain, et que chaperonne et surveille le policier-espion Corentin. Mais la séductrice cédera elle-même à la séduction du Gars, la courtisane aimée sera rachetée par l'amour, elle mourra avec celui qu'elle devait perdre.

Cette histoire d'amour a pour décor un pays que le romancier a fait vivre, avec sa topographie, sa géographie, sa langue, ses meubles, ses costumes et ses coutumes, et des habitants qui sont l'émanation même d'un pays ; car, proclame l'auteur, l'histoire ne doit pas être « charnier, gazette, état civil de nation, squelette chronologique », mais bien « une histoire science des mœurs ». Quant aux personnages principaux, mais non historiques, ils incarnent les grandes forces ou idées en lutte : Montauran défend la Royauté, Hulot, commandant des Bleus, le mythe de la Révolution française. D'un côté le passé, de l'autre l'avenir, auquel semblent aller les préférences du romancier. Toute la vie privée dépend de la politique, et la politique n'apparaît que comme la mise en scène des grandes idées en conflit.

Le grand projet des *Etudes de mœurs* (1833) empêchera Balzac d'écrire d'autres romans historiques dont nous n'avons que le titre *(Les trois cardinaux, Le Privilège)*, et les *Chouans* entreront dans les *Scènes de la vie militaire.*

Néanmoins Balzac resta toute sa vie attaché à son projet d'une *Histoire de France pittoresque* (de 1380 à 1815) qui eût été indépendante de *La Comédie humaine.* En 1836, il écrit qu'il a résolu d'introduire dans les *Etudes philosophiques* autant de scènes historiques qu'il y a de siècles depuis l'invasion des Francs jusqu'à 1800, pour montrer « les ravages des hautes idées de la politique, ce qui fait l'esprit des siècles, l'antagonisme ». *Sur Catherine de Médicis* (1844), au contraire de la *Chronique de Charles IX*, présentera la Saint-Barthélemy comme la pensée d'un grand politique, un Robespierre femelle du XVIe siècle. Enfin le Catalogue de *La Comédie humaine* en 1846 annonce encore *Les Vendéens*, second volet des *Chouans*, qui auraient montré l'aspect héroïque de la première insurrection de l'Ouest.

Dans le roman historique, Balzac s'initie à une technique qu'il va transporter dans le roman de mœurs contemporaines : mise en place du cadre géographique et social qui crée l'individu, de l'Histoire dans laquelle il s'enracine ; peinture des mœurs plus que des faits ; création de *types* dans lesquels s'exprime toute une collectivité.

Hugo (Victor), 1802-1885. — C'est dans un passé plus reculé, propre à dépayser le lecteur, que Hugo, admirateur de *Quentin Durward*, situe l'action de *Notre-Dame de Paris* (1831). Au temps de Louis XI, une belle gitane, La Esmeralda, est aimée de trois hommes, le beau militaire Phœbus, le sombre prêtre Frollo et le sonneur de cloches Quasimodo, monstre au grand cœur. L'indifférence du premier et la jalousie du second la conduisent à une mort dramatique dont ne peut la sauver le gentil poète Gringoire, son mari officiel, et où la suivra le fidèle Quasimodo. Ce drame a pour décor un Paris médiéval sorti d'une fantaisie de Rembrandt ou Callot (Palais, Cour des Miracles, château-prison de la Bastille et naturellement la célèbre cathédrale). 1831, c'est le temps où la Société des antiquaires, Mérimée, Montalembert, volent au secours des monuments gothiques réhabilités par le goût romantique, mais menacés par la pioche des démolisseurs. L'actualité (sac de l'archevêché en février 1831) attire l'attention sur Notre-Dame, et la *Note* de la seconde édition (1832) insistera sur l'aspect « sauvegarde » de ce roman (auquel Hugo ajoute trois chapitres nouveaux consacrés à la cathédrale même) et sur « la pensée d'esthétique et de philosophie cachée dans ce livre ». Mais *Notre-Dame de Paris* a d'autres ambitions. L'historien a voulu peindre « plus particulièrement le Moyen Age sacerdotal », et créer des *types* : Frollo incarne l'Eglise, Phœbus l'Armée, Quasimodo le Peuple. Le philosophe Hugo, qui a déchiffré sur un pilier de la cathédrale le mot grec ANANKE, le Destin, veut représenter la puissance fatale des dogmes, comme plus tard *Les Misérables* montreront celle des lois, et *Les Travailleurs de la mer*, celle des choses. A vrai dire, les personnages ont bien du mal à s'élever au-dessus de la marionnette ou de la silhouette pittoresque, et la philosophie de l'histoire est un peu courte. Techniquement, le romancier recourt aux ressources un peu grosses du roman noir par lequel il a commencé sa carrière (*Han d'Islande*, 1823 ; *Bug-Jargal*, 1826) et à la mise en scène du drame romantique, où il vient de triompher avec *Hernani* (1830). Restent d'admirables et célèbres tableaux de Paris, des scènes vivantes, du drame et de l'épopée mêlés comme le voulait le théoricien de la préface de *Cromwell* (1827), et surtout une grande poésie et un accent émouvant dans cette histoire d'amour non partagé (entre la brune Esmeralda et le tendre Quasimodo) où passe quelque chose de la détresse intime que connut alors Hugo.

Si l'on s'en tient aux œuvres de premier plan que nous avons analysées, le roman historique ne représente qu'une brève flambée. Avec Eugène Sue et Alexandre Dumas il va tendre à se confondre avec le roman-feuilleton et populaire, avant de ressusciter dans la seconde moitié du siècle avec Flaubert (*Salammbô*, 1862) et Hugo lui-même (*Quatre-vingt-treize*, 1874). Mais le roman historique, vivante reconstitution des mœurs passées où se lit le destin d'une nation, a créé du même coup l'histoire (telle que l'entendra Michelet) et le roman réaliste.

Avant les premières grandes réussites du roman historique, des écrivains de second ordre avaient été amenés par leurs idées libérales à peindre, pour les critiquer, les mœurs politiques de la Restauration (Picard, Mortonval, Victor Ducange, Lamotte-Langon ; Ancelot dans *L'Homme du monde*, 1827).

La même raison — parmi plusieurs autres ! — fera d'Henri Beyle (1783-1842) — Stendhal en littérature — le peintre des milieux politiques à l'extrême fin de la Restauration.

Chapitre III

STENDHAL OU LE RÉALISME SUBJECTIF

Vocation tardive que celle de Stendhal romancier. Un début de carrière militaire, la vie itinérante de commissaire aux vivres de l'Empire, ne lui avaient guère permis de mener à bien quelques ouvrages projetés.

Rendu disponible en 1815, il occupe des loisirs forcés à publier *Lettres écrites de Vienne en Autriche sur le célèbre compositeur Jh Haydn, suivies d'une Vie de Mozart et de Considérations sur Métastase*, sous le pseudonyme (il en inventera de nombreux autres au cours de sa vie et de sa carrière) de Louis-Alexandre-César Bombet ; puis une *Histoire de la Peinture en Italie* (1817) et une autre sorte de guide, *Rome, Naples et Florence.* Tout en travaillant à une Vie de Napoléon, il achève un traité *De l'amour* (1822) où il met son expérience et sa philosophie du cœur humain, lance en 1824 le premier manifeste romantique (ou plutôt « romanticiste »), *Racine et Shakespeare* et publie une *Vie de Rossini* (son compositeur préféré).

Pendant ces années, il prend conscience que « le vrai métier de l'animal, c'est d'écrire un roman dans un grenier », comme il dira plus tard.

Son **Armance, quelques scènes d'un salon de Paris en 1827**, roman mondain et d'analyse, propose la courte et tragique histoire d'un jeune aristocrate-polytechnicien aux idées libérales, Octave de Malivert, qui étouffe dans un faubourg Saint-Germain figé dans les glaces de l'immobilisme et que vient à peine de réveiller la fameuse loi sur le milliard des émigrés.

Octave est ce que l'époque nomme un « babilan », c'est-à-dire un impuissant (encore que l'auteur nous le laisse à deviner). Amoureux, Octave se marie et dénoue par le suicide une situation impossible. Roman-gageure, roman-anecdote, roman-énigme comme l'*Ourika* de Mme de Duras, l'*Olivier* de Latouche (qui a pu donner à Stendhal l'idée de traiter un sujet délicat) et l'*Aloÿs* d'Astolphe de Custine, *Armance* a été longtemps incompris, même une fois le mystère expliqué. On en a critiqué le style uni et transparent (hérité de la langue abstraite et pudique, de l'euphémisme et de la litote classiques) qui convient merveilleusement à des héros purs, cornéliens. Le dernier paragraphe du roman est un des plus beaux qui ait jamais conclu un récit. Stendhal, qui en 1827 se sent exclu de l'action et de l'amour, a mis beaucoup de ses complaisances dans un héros selon son cœur. Il ira plus loin encore dans *Le Rouge et le Noir*.

Le Rouge et le Noir. — Paru à l'automne 1830, tiré à 700 exemplaires seulement, ce roman, depuis célèbre, passa presque inaperçu. On en connaît le sujet :

Julien (qui, à l'origine, devait donner son nom au roman), fils de paysan, mal-aimé et rendu amoureux de la gloire par la lecture du *Mémorial de Sainte-Hélène*, franchit le premier échelon d'une carrière en devenant précepteur chez M. de Rênal (maire de la petite ville de Verrières), puis amant de sa femme. Le second échelon sera la grande ville de province, Besançon, où le grand séminaire offre au jeune ambitieux l'une des deux carrières possibles, l'Eglise (le noir ?), l'autre étant l'Armée (le rouge ?). Mais c'est sur un plus vaste théâtre, à Paris, que Julien croira atteindre à la vraie réussite, lorsque, secrétaire du marquis de La Mole, aimé de sa fille Mathilde qu'il a séduite et compromise, il se verra sur le point d'accéder à la carrière militaire, en devenant le gendre de M. de La Mole. Une lettre de dénonciation anonyme (que son confesseur impose

à Mme de Rênal) ruine cette ambition. Fou de rage, Julien tire sur Mme de Rênal qu'il blesse ; il est condamné à mort et exécuté.

Telle est la trame d'une histoire inspirée à Stendhal par l'actualité. Il a lu dans la *Gazette des tribunaux* le procès d'un certain Berthet qu'il transposera ; mais le Berthet de la *Gazette* n'était qu'un faible, un assassin malgré lui. Au contraire, Stendhal a mis dans son arriviste calculeur et criminel (c'est ainsi que des lecteurs, même avertis comme Janin et Mérimée, virent Julien Sorel) toute cette énergie qu'il admire tant dans le peuple, tout l'enthousiasme aussi de ses propres vingt ans, et, pour finir, une admirable sérénité devant la mort qui est tout autre chose que de la résignation. Roman d'amour, *Le Rouge* réunit les deux types de femmes qu'a aimés l'auteur. *Le Rouge* est aussi un grand roman de mœurs qui peint les libéraux de province, le grand séminaire et le faubourg Saint-Germain avec une étonnante vérité ; une chronique aussi (comme l'indique le sous-titre *chronique du XIX*[e] *siècle*) du premier semestre de 1830 : voyages royaux, événements mondains, conspiration ultra dans laquelle on reconnaît derrière les personnages fictifs tous les ténors politiques du moment.

Lucien Leuwen. — Ce troisième roman naquit chez Stendhal du désir de reprendre un sujet traité sans grand talent par une amie qui lui avait soumis son travail, Mme Jules de Gautier, auteur d'un *Lieutenant*. *Lucien Leuwen*, écrit en 1834-1835, inachevé, a dormi cent ans en manuscrit. Plus heureux qu'Octave de Malivert ou que Julien Sorel, Lucien, fils unique de parents riches et aimables, et qui l'aiment, polytechnicien vite consolé d'avoir été chassé de l'école pour avoir manifesté ses idées républicaines, part pour Nancy comme lieutenant. Là il conçoit un tendre sentiment pour une belle et douce veuve, Mme de Chasteller, dont le sépare brutalement une odieuse calomnie. De retour à Paris, Lucien devient secrétaire d'un ministre, ce qui nous vaut d'assister avec lui (après les menées ultra d'une société de province, des grèves provinciales et les émeutes sanglantes de 1834) aux intrigues ministérielles, scandales financiers et trafics de vote, sur lesquels Stendhal, alors consul à Civita-Vecchia, reçoit une documentation de son ami Mérimée, secrétaire du comte d'Argout. La nomination de Lucien à un poste d'attaché d'ambassade à Rome devait fournir une peinture du monde diplomatique, tel que Stendhal pouvait l'observer en Italie, mais cette dernière partie ne fut pas écrite, qui devait se terminer par le mariage de Lucien et de Mme de Chasteller. A cause de son extraordinaire documentation, de son réalisme, *Lucien Leuwen* apparaît comme « le plus balzacien » des romans de Stendhal.

La Chartreuse de Parme, écrite à Paris, pendant un congé de cinquante-deux jours, dans l'hiver 1838-1839, parut au début d'avril 1839 amputée par l'éditeur-libraire d'un nombre important de pages finales ; au mois de novembre suivant, Balzac consacra au roman un long et élogieux article, comme rarement grand artiste en dédia à un contemporain.

L'idée de *La Chartreuse* est née de ces nouvelles italiennes du XVIe siècle, riches en histoires tragiques, meurtres et exécutions capitales, dont Stendhal fit sa lecture préférée de 1833 à 1839, et qu'il transposa dans ses *Chroniques italiennes : L'Abbesse de Castro* (chronique) parut presque en même temps que *La Chartreuse de Parme*. C'est dans l'*Origine della grandezza della familia Farnese* (« écrit, dit Stendhal, plein de vérité et de naïveté ») qu'il trouva le canevas de son roman. En réalité, assez infidèle à la vérité, la nouvelle italienne raconte comment Alexandre Farnèse (futur pape sous le nom de Paul III) dut son élévation à sa tante Vandozza (en réalité ce fut à sa sœur Giulia Orsini), maîtresse du cardinal Rodrigue Borgia (le futur pape Alexandre VI). La « novele » fournit deux personnages aimables, une catin sublime et un héros beau, savant et voluptueux : mêlé à des aventures périlleuses et en particulier à un enlèvement qui le mène au château Saint-Ange, il en est tiré par son puissant protecteur Borgia. Stendhal songea d'abord à transposer les qualités du futur Paul III en celles d'un moderne ministre, et se résolut finalement à en doter un patriote italien du XIXe siècle. Il donne alors pour cadre à son roman l'Italie de Metternich, mais dans cette Italie, il choisit une de ces petites principautés où le poids de l'arbitraire et de la tyrannie suscite aisément des passions et des intrigues dignes du XVIe siècle ; car Stendhal a appris des chroniques que « le gouvernement le plus baroque et le plus infâme a cela de bon qu'il donne sur le cœur humain des aperçus qu'on chercherait en vain dans la jeune Amérique où toutes les passions se réduisent à peu près au culte du dollar ». Stendhal transporte donc dans un temps, et même dans un pays où elle est morte, cette *passion italienne*, faite de cruauté et d'énergie. La scène est donc à Parme, ville qui est liée dans l'histoire à la fortune des Farnèse, mais qui représente en fait la Modène de 1830 sur laquelle règne le grand-duc François IV, un véritable bourreau.

A l'annonce du débarquement de l'Empereur à Golfe-Juan en 1815, le jeune Fabrice del Dongo quitte le château de son

père putatif, sis sur les bords du lac de Côme, pour aller faire ses premières armes à Waterloo. Encore que le naïf héros n'ait pu donner toute sa mesure, cette expédition jette l'enthousiasme au cœur de sa mère, de ses sœurs et d'une jeune tante, la sublime comtesse Gina Pietranera, mais l'oblige à s'exiler dans le Piémont. Cependant Gina, répondant à l'amour fou du comte Mosca, ministre du prince de Parme, va s'établir à la cour de Parme, après qu'un vieux duc lui a vendu son nom. Son rang, son intelligence, son charme, la faveur dont jouit Mosca permettent alors à la nouvelle duchesse de Sanseverina-Taxis d'assurer la carrière d'un neveu trop chéri. Lequel, près d'être nommé coadjuteur de l'archevêque de Parme et parfaitement heureux, se voit obligé, pour arrêter sur les lèvres de sa tante un aveu qui gâterait l'innocence de leurs rapports, de se jeter dans une aventure qui l'amène à tuer, à s'exiler à nouveau. L'amour que le bel indifférent, amoureux de l'amour, cherchait vainement dans les coulisses de théâtre et les salons, il le trouve enfin dans la prison Farnèse en la personne de Clélia Conti, fille du gouverneur. Sauvé malgré lui de la geôle, il y revient volontairement. Gina et Clélia, aidés par le généreux conspirateur Palla Ferrante, le sauvent alors du poison, mais l'une au prix d'une douloureuse promesse faite au prince, l'autre au prix d'un vœu qui la sépare d'un Fabrice qu'elle adore. Devenu évêque, Fabrice enfin comblé par une liaison secrète avec Clélia qui lui a donné un fils, les perd tous deux, se retire à la Chartreuse qui donne son nom au roman, et ne survit guère à ses morts, non plus que la Sanseverina à Fabrice.

Merveilleux roman romanesque que celui de la sublime duchesse et de ce *héros* (c'est le maître mot du livre) charmant, dont deux femmes si différentes et également aimables se disputent le cœur. Roman d'aventures aussi et roman de mœurs politiques dans lequel Balzac voit une moderne transposition du *Prince* de Machiavel, et Maurras un charmant manuel de « coquinologie politique », cependant que Gina, Mosca et Fabrice, « grandes âmes », êtres « vrais », ne ressentent ces petites et grandes intrigues, même lorsqu'elles menacent leur vie, que comme une comédie follement amusante. Merveilleux roman où l'imagination au service de l'amour multiplie ses miracles. Où le créateur peignant sa chère Italie retrouve toutes les admirations de l'amateur de peinture et du dilettante : visages du Guide, du Vinci ou du Corrège, âmes comme inspirées de Cimarosa ou de Mozart, drame se développant en récitatifs, duos et arias. Tout respire ici une alacrité, une mobilité extrême, une absence de pesanteur, tout s'illumine de ce bonheur que toutes les créatures de Stendhal vont comme lui chassant.

Lamiel, commencé en 1839, après le retour de Civita-Vecchia, devait être un *Rouge et Noir* au féminin. Une jeune paysanne fort éveillée, Amazone normande, armée de l'énergie et du pouvoir de dissimulation indispensables à la réussite, se lance, nouvelle Clorinde, à la poursuite de l'amour, qu'elle trouve finalement près d'un chef de brigands. Nous ne possédons que la première partie du roman resté à l'état de projet et publié seulement en 1889. Ne seront pas non plus publiés du vivant de Stendhal de courts romans, *Mina de Vanghel*, *Le Rose et le Vert*.

Une profonde originalité. — En son temps Stendhal n'espérait pas être compris d'un plus grand nombre de lecteurs que ces *happy few* (auxquels il dédie *Lucien Leuwen*) que ne déroutait pas sa rare originalité. Originalité qui vient en partie de la complexité d'un homme chez qui tempérament et formation intellectuelle tirent à hue et à dia. Il tient de sa formation mathématique (il se destinait à l'Ecole polytechnique, où il a fait entrer deux de ses héros) le goût de l'exactitude et d'une vérité qui soit universelle ; ce goût et cet idéal se fortifient par la fréquentation des philosophes du XVIIIe siècle et des idéologues dont il partage le désir de rendre parfaitement claire la mécanique morale. Mais cet esprit rigoureux est en même temps la tête la plus romanesque ; un être vivant dans l'instant. D'où la complexité de sa *technique*, si l'on pouvait employer ce mot pour un auteur qui a écrit : « Je n'ai jamais songé à l'art de faire un roman. »

D'une part Stendhal apparaît comme le premier en date des grands romanciers réalistes. En son temps, il s'est fait fort d'être original en faisant simplement ressemblant : « la vérité, l'âpre vérité », proclame *Le Rouge et le Noir*. On connaît la célèbre phrase, reprise plusieurs fois par le romancier avec des variantes : « Le roman est un miroir qu'on promène le long d'un chemin. » Stendhal a la religion du *fait*, de ces *facta*, les fameux *pilotis* qui lui font saisir la réalité en un éclair, parce qu'ils ont l'accent du vrai : anecdotes dont le pourvoient ses amis ou qu'il a lues dans des mémoires ou biographies ; traits, mots typiques, voire provincialismes ; lettres, croquis, plans, gestes notés, objets, sans oublier ce que lui fournissent les journaux. Ces faits, le romancier les donne tout crûment à son lecteur, parce qu'ils authentifieront ce qui est inventé. Mais il en fait aussi très souvent un amalgame élaboré, pour créer une action, des lieux ou des personnages. Ces traits, qu'il emprunte toujours à des personnes réelles, il les combine, comme Balzac, pour composer ses personnages, permettant ainsi au lecteur — en même temps qu'il le lui interdit — de chercher des *clés*. Mme Grandet *(Lucien Leuwen)* participe à la fois de Mme Horace Vernet, de Mme Delessert, de la comtesse de Sainte-Aulaire et de bien d'autres femmes sans doute. Mathilde de La Mole, c'est Vanina Vanini, l'héroïne d'une nouvelle qu'il a publiée un an avant *Le Rouge et le Noir*, mais aussi Méry de Neuville. La Sanseverina évoque à la fois

Métilde Dembroski, la première femme aimée du romancier, la marquise Malespina du XVIIIe siècle et la comtesse Cordélia de Castellane, dont l'ami, le ministre Molé, fournit des traits au comte Mosca, pour lequel Stendhal a également songé aux cardinaux Rodrigo Borgia et Fleury. Et naturellement les grotesques sont encore plus copiés sur nature que les personnages nés d'un rêve ou idéalisés (encore qu'il faille toujours, écrit Stendhal, « idéaliser en restant vrai »).

Or ce romancier qui veut dire exclusivement le réel a passé pour abstrait ; ce romancier qui a voulu laisser parler seulement les faits, et se faire aussi discret que possible, est le plus subjectif qui soit. N'était son tempérament d'égocentrique et d' « égotiste », sa philosophie suffirait à le rendre tel. Car ce n'est pas le monde extérieur qui l'intéresse, mais la conscience de l'individu et le développement de ses passions. D'une action il ne tend à garder que le « résumé moral », car le monde extérieur n'en est que le décor, parfois une incitation à agir, jamais un agent de détermination inéluctable pour un héros volontaire et libre. La curiosité psychologique du romancier, son souci d'analyse se manifestent dans ces monologues ou examens de conscience où le héros se demande ce qu'il doit faire pour garder sa propre estime. Et c'est de sa pensée vive que jaillit alors le geste ou la parole prononcée, ou encore, succédant à cette parole, cette sorte de *sous-conversation* qui la double en donnant au roman sa profondeur de champ. Profondeur, mais étroitesse aussi. En effet, formé par l'empirisme du XVIIIe siècle, Stendhal croit l'homme enfermé dans ses sensations ; aussi ne nous livre-t-il du réel (par description ou portrait) que ce qui s'est réfléchi sur le miroir intérieur de son héros de prédilection, c'est-à-dire ses propres sensations ou souvenirs à lui Stendhal (« Il n'y a de vrai que ce qui est senti ») ; ce que son point de vue du moment, son attention ou son émotion lui ont permis de percevoir ou de sentir. Ainsi en va-t-il de la fameuse description pointilliste de la bataille de Waterloo, qui servira de modèle au Tolstoï de *Guerre et Paix* décrivant Austerlitz. Mais il résulte de là que la chose vue dans l'instant n'est donnée pour vraie que relativement. On voit ce qu'a de moderne une telle conception du réel et de sa représentation romanesque, ce refus d'omniprésence et d'omniscience de la part du romancier. Ce n'est pas de quarante ans que Stendhal était en avance (il pensait n'être enfin compris que vers 1880), mais de soixante ou quatre-vingts ans.

Il va de soi que cet émiettement du réel et ce relativisme avoué de la vérité ne sont pas propices à la création d'un univers : « Il y a un univers balzacien, écrit P.-G. Castex, il n'y a que des héros stendhaliens. » Des héros plus que des caractères. A la suite des idéologues, Stendhal a rêvé d'aboutir à l'énoncé de lois psychologiques. L'étude soigneusement poursuivie des ressorts de la comédie — à laquelle il songea d'abord à se consacrer — apportait à sa curiosité des abîmes du cœur une doctrine : que, pour connaître parfaitement le caractère d'un homme, il faut décrire successivement : 1° ses opinions sur tout ; 2° jusqu'à quel point il y a conformé ses actions ; 3° les habitudes de cœur qui l'ont empêché de s'y consacrer entièrement (*Pensées*, 1804) ; qu'une équation (caractère + passion = action) devait pouvoir rendre compte de toutes les actions humaines, et même permettre de « faire vouloir autrui ». Mais le mécanicien de la volonté a en fait créé des personnages à surprises, à virevoltes, chez qui un sentiment envahit soudain tout le champ de l'âme pour faire aussi soudainement place à un état opposé. La réalité et la vérité de l'instant ne renvoient jamais qu'à une *individualité* singulière, non à un type, et refuse de se figer en loi générale. Le romancier est le premier à s'étonner (par une de ces intrusions d'auteur dont il a l'habitude) de ces comportements originaux, par exemple de l'itinéraire à rebours de Julien allant du calcul à la tendresse.

Une présence. — Le grand charme des romans de Stendhal, c'est cette présence de l'auteur. A travers ses héros, c'est toujours la personnalité de l'incorrigible égotiste qui paraît. Chaque roman dit ce qu'il a toujours aimé ou détesté : ce qu'il aime, c'est l'énergie, la passion et la tendresse, la bonne foi avec soi-même. Ce qu'il hait : la vanité parisienne, l'amour de l'argent, l'absence de caractère, l'hypocrisie, l'imitation des autres, la prudence et en général toutes nos « vertus momières ». Les femmes qu'il aime s'y partagent en deux types, les « catins sublimes » et les femmes réservées, tendres et fidèles. Quant aux héros, Stendhal s'est projeté quatre fois (pour ne parler que des quatre grands romans) en eux, prêtant à tous l'exaltation de la jeunesse, faisant seulement varier, par un souci de refaire son propre passé tel qu'il eût pu ou dû être, leur situation familiale, leurs avantages ou handicaps physiques ou sociaux. Mais tous sont doués de cet enthousiasme, de cette inquiétude sur soi-même et de ce goût du secret qui furent toute sa vie ceux de Beyle lui-même ; et aussi de cette horreur de l'ennui qui a déterminé le style du romancier.

Questions de style. — Ce que veut Stendhal, c'est « raconter » (c'est là pour lui le grand mot) comme le

Marivaux de *La Vie de Marianne* et le Fielding de *Tom Jones*, romanciers qu'il admire et prend pour modèles. Et malgré un souci d'analyse qui le pousserait à « raconter philosophiquement », comme il dit, il choisit, selon son amusante expression, de « raconter narrativement », en laissant son imagination, nourrie de souvenirs mais travaillant sur un canevas donné, « cristalliser ». Une fois relue la dernière page écrite la veille, le romancier improvise véritablement, sans souci pour le moment de plans (qu'il tracera plus tard, comme ces dessins de peintres portraitistes, qui n'interviennent qu'en cours de travail) ou de vérifications (indiquées dans les marges comme à faire plus tard), de peur que ces recherches n'effarouchent son imagination. C'est aussi la crainte de s'ennuyer, comme d'ennuyer, qui lui fait raconter *breviter* selon la règle de la vieille rhétorique oratoire, et éviter les descriptions qui ne se justifient pas psychologiquement, qui l'ennuient tant chez Walter Scott, et qu'il réduit pour sa part à de simples « crayons ». Son récit court la poste, les aventures s'y succèdent amenant l'entrée des personnages juste à leur heure, comme dans les mémoires qu'il a tant aimés (surtout ceux de Saint-Simon procurés en 1830 par l'éditeur Sautelet, seul goût qu'il ait gardé toute sa vie, de son propre aveu, avec celui des épinards !). L'auteur de *La Vie d'Henri Brulard* et du *Journal* n'est-il pas lui-même rompu à la pratique du journal intime où l'on note l'événement ou l'humeur du moment, sans préjuger de ce qu'apportera le lendemain ?

D'où un roman qui ressortit à la chronique, ignore les retours en arrière, use des actions simultanées, et donne l'impression (même si le temps généralement usité est le passé simple) d'un continuel présent. C'est là un art de raconter qui refuse le style

« brillanté » et les *grands mots*, synonyme pour Stendhal d'hypocrisie et de manque de naturel. On sait en revanche son admiration pour le Code civil, qui ne dit que l'indispensable et, par ailleurs, pour la conversation faite d'anecdotes brièvement contées, comme le veulent la politesse et l'esthétique mondaines, pour une conversation légère, fluviatile, avec des êtres qui soient avec lui sur un plan de « douce égalité ». Ce commerce représentait pour lui le bonheur ; c'est ce bonheur qu'il se propose de faire sentir à un lecteur admis à s'identifier au héros et à l'auteur. Ce ton et ce style ne pouvaient guère être compris d'une époque qui, hors Balzac naturellement, en restait volontiers dans le roman au style noble et vague cher au lyrisme et à l'intimisme romantiques. Le style de Stendhal refuse d'en être un, et ne reflète que le bonheur d'écrire ; il produit sur le lecteur moderne une étonnante impression de liberté et de légèreté, l'impression aussi qu'on n'a pas affaire à un auteur, mais à un homme.

CHAPITRE IV

BALZAC

Honoré de Balzac (1799-1850) est en somme le premier grand romancier à part entière, c'est-à-dire prétendant vivre de son métier (comme Hugo de celui de poète), prétendant même à l'occasion se faire son propre éditeur. A vingt ans, il doit, pour « s'indépendantiser à coups de romans », écrire des « cochonneries littéraires » en louant sa plume à un entrepreneur de romans in-12 pour cabinets de lecture. En collaboration, sous des pseudonymes et en huit romans, de *L'Héritière de Birague* (1822) à *Wann-Chlore* (1825), Balzac apprend son métier sur le tas ; et l'on reconnaît dans ses « romans de jeunesse » — que leur auteur n'a pas reconnus — des sujets, des personnages, des thèmes qui se retrouveront dans les grandes œuvres de la maturité.

Balzac ne quitte son entrepreneur de romans que pour entrer chez un entrepreneur de *codes*, puis prend un brevet d'imprimeur (c'est lui qui imprime la seconde édition de *Cinq-Mars*). La faillite de son imprimerie le rend à la littérature, il publie *Le Dernier Chouan* (voir *supra*, p. 26) et la *Physiologie du mariage*, puis en 1830 et 1831 fait un très instructif noviciat dans les différents genres de journalisme (de mode, littéraire, politique).

Genèse d'une œuvre. Son architecture. — La seconde production romanesque que Balzac signe de son nom ressortit encore modestement au genre de la nouvelle, et rappelle, par son titre comme par ses sujets et sa technique, les proverbes, les comédies de salon et les *scènes* des romancières et romanciers anglais des années 1820. Ce sont les premières *Scènes de la vie privée* (1830), qui comprennent *La Maison du chat qui pelote*, *La Vendetta*, *Le Bal de Sceaux*. Elles disent les malheurs de jeunes filles à marier ou mal mariées et seront suivies en 1832 d'une édition augmentée. En même temps Balzac écrit des nouvelles, qui trouveront place, en 1832 aussi, sous le titre commun de *Contes philosophiques*, et des *Contes drolatiques* dans la manière des conteurs du XVIe siècle. Jusqu'en 1833, ses contrats avec journaux et revues, qui réclament des textes courts, obligent Balzac à n'être que ce qu'il nomme avec humeur « un contier ». Ses Études de femmes de 1832 *(Mme Firmiani*, *La Grenadière*, *La Femme abandonnée*, *Les Marana)*, sauf *La Transaction* (qui deviendra *Le Colonel Chabert*) et *Le Curé de Tours*, ne sont que des nouvelles. (D'autres, regroupées, constitueront ensuite le roman *La Femme de trente ans*.) Mais, dès 1831, en partant d'un projet de conte hoffmanien, Balzac a produit un grand roman, *La Peau de chagrin*. L'argument en est philosophique : vouloir et pouvoir brûlent la vie. Le héros, Raphaël de Valentin, épuise son capital de vie par dépense de pensée, puis par l'orgie et par l'amour. Fantastique, faustien (le héros est la victime d'un pacte), le roman, par ailleurs en partie autobiographique, s'inscrit aussi dans la réalité et même dans l'actualité (les lendemains de la révolution de 1830, que Balzac journaliste a été amené à suivre de près) dont il restitue les remous politiques, intellectuels et moraux. Il annonce et contient en partie l'œuvre à venir, étant à la fois une étude de mœurs, une étude philosophique et une étude analytique. Roman railleur, qui se recommande de la tradition rabelaisienne, il tient sans doute sa plus grande originalité et beauté du foisonnement des images, du passage constant à l'allégorie et au mythe, d'une verve et d'un lyrisme proprement poétiques. En 1833, Balzac publie une scène de la vie de campagne, *Le Médecin de campagne*, et signe un contrat pour douze volumes d'*Etudes de mœurs au XIX*e *siècle*, où les œuvres déjà écrites et surtout à écrire se répartiront dans des cadres ou *galeries* qui font leur part à la fois à la géographie et aux « âges de la vie ». 1834 est la grande année où le romancier, renchérissant sur le plan déjà grandiose des *Etudes de mœurs*, dessine celui d'une œuvre énorme, totale, *Les Etudes sociales*, pyramide dont les *Etudes de mœurs* ne constitueront que l'assise la plus basse, représentant

« tous les effets sociaux sans que ni une situation de la vie, ni une physionomie, ni un caractère d'homme ou de femme, ni une manière de vivre, ni une profession, ni une zone sociale, ni un pays français, ni quoi que ce soit de l'enfance, de la vieillesse, de l'âge mûr, de la politique, de la justice, de la guerre, ait été oublié. [...] Alors la seconde assise sont les *Etudes philosophiques*, car après les *effets* viendront les *causes*. Je vous aurai peint dans les *Etudes de mœurs* les sentiments et leur jeu, la vie et son allure. Dans les *Etudes philosophiques*, je dirai pourquoi les sentiments, sur quoi la vie ; quelle est la partie, quelles sont les conditions au-delà desquelles ni la société, ni l'homme n'existent ; et après l'avoir parcourue (la société), pour la décrire, je la parcourrai pour la juger. [...] Puis, après les *effets* et les *causes*, viendront les *Etudes analytiques* dont fait partie la *Physiologie du mariage*, car après les effets et les causes doivent se rechercher les *principes*... (*Lettre à Madame Hanska*, Ed. Les Bibliophiles de l'Originale, t. I, p. 269).

La publication des *Etudes de mœurs* avait commencé par une *Scène de la vie de province, Eugénie*

Grandet, qui met en scène un avare tourangeau, mais raconte aussi l'édification d'une fortune qui profite des révolutions et des cours de la rente. Suit *L'Illustre Gaudissart*, dont le héros est ce nouveau personnage social : le commis-voyageur. Presque en même temps les *Scènes de la vie parisienne* s'ouvrent par *Ferragus*, premier volet de *L'Histoire des Treize* (les deux autres étant *La Duchesse de Langeais* et *La Fille aux yeux d'or*), qui, en faisant sa part au romantisme des corsaires et des brigands par l'invention d'une société secrète toute-puissante, ainsi qu'au fantastique et au frénétique qui fleurissent alors, comporte une vue sociale et politique de l'aristocratique faubourg Saint-Germain, et une vision dantesque des différents cercles de la population parisienne. Conjointement aux *Etudes de mœurs* paraissent les *Etudes philosophiques*.

Les années 1834-1836 sont marquées par une magnifique production : *La Recherche de l'Absolu* (1834), drame philosophique d'un moderne alchimiste qui sacrifie sa famille à sa passion de chercheur ; *Le Père Goriot* (1835), drame de l'amour paternel non payé de retour (où, pour la première fois, hors un essai dans l'*Histoire des Treize*, Balzac fait réapparaître des personnages de précédents romans) ; *Le Contrat de mariage* (1835) et *L'Interdiction* (1836), deux intrigues où l'ambition féminine trouve dans la loi même le moyen d'écarter un mari ; *Le Lys dans la vallée* où la sacrifiée est au contraire une femme trop aimante ; *Séraphîta*, dont le héros-héroïne, un androgyne, révèle par son assomption finale son appartenance au monde des anges. *Le Livre mystique* réunit *Séraphîta* et une œuvre de 1832-1833, *Louis Lambert*, biographie intellectuelle d'un génie qui paie par la folie ses visions angéliques.

Ces années voient naître les grandes vedettes du roman balzacien : Rastignac l'ambitieux et son ami Bianchon, l'étudiant en médecine qui deviendra une sommité médicale ; le dandy Henri de Marsay, futur ministre comme Rastignac, la marquise d'Espard, grande mondaine. Les scènes de la vie parisienne prolifèrent, qui sont surtout des scènes du grand monde.

A partir de 1837, le romancier se penche sur les malheurs d'un parfumeur en faillite *(César Birotteau)*, sur les indélicatesses d'un banquier *(La Maison Nucingen)*, sur les déboires d'un administrateur *(Les Employés)*.

Les œuvres conçues alors se présentent souvent par couple : *Le Cabinet des antiques* et *Un grand homme de province à Paris (Illusions perdues)* conteront, l'un, les succès parisiens du jeune d'Esgrignon, puis sa ruine et son retour sans gloire à Alençon, l'autre, la réussite de Lucien de Rubempré dans le journalisme, puis ses malheurs et le retour à Angoulême. *Les Secrets de la princesse de Cadigan* et *Une fille d'Eve*, se faisant pendant, racontent les subtiles manœuvres d'une grande coquette et les dangers courus par une jeune femme naïve et tentée. Là, comme dans *Béatrix* et dans *Les Mémoires de deux jeunes mariées*, la vie parisienne est vue sous l'angle de la vie privée.

Le roman du jeune homme pauvre et ambitieux, dans lequel Balzac avait mis beaucoup de son expérience, tend à devenir celui du grand romancier de quarante ans qu'il est devenu, et que l'on reconnaît sous les traits si différents des personnages d'écrivains qu'il crée alors, tous, comme lui, amoureux d'une grande dame (Mme Hanska, la comtesse lointaine) : Nathan *(Une Fille d'Eve)*, d'Arthez *(Illusions perdues, Les Secrets de la princesse de Cadignan)*, Alvert Savarus *(Albert Savarus)*, Lousteau *(La Muse du département)*, Blondet *(La Maison Nucingen, Les Paysans)*. Après 1837, le temps du roman balzacien tend à rejoindre le temps réel (celui d'une Monarchie de Juillet désormais bien implantée), sans le décalage de quelque vingt ans, souvent observé dans le roman, entre les événements racontés et le moment où le romancier les recueille. Ou bien des romans écrits à la même date raconteront, l'un les débuts d'un héros, l'autre son âge mûr, voire le dénouement d'une vie.

1839 marque une date dans l'édification du grand œuvre par le projet (assorti d'un contrat avec l'éditeur Charpentier) d'une *Pathologie de la vie sociale* qui conclurait les *Etudes sociales* ; le titre, de *Comédie humaine*, probablement inspiré de *La Divine Comédie*, est trouvé en 1840. Ferdinand de Grammont, le secrétaire de Balzac, la dote d'un *Armorial*, et, en 1842, l'ensemble de l'œuvre commence à paraître chez Furne.

Aux œuvres écrites ou revues pour cette grande édition s'ajouteront au fil des années *Ursule Mirouet*, *La Fausse Maîtresse*, *La Rabouilleuse*, *Une ténébreuse affaire*, *Modeste Mignon*, *Pierrette*, *Les Comédiens sans le savoir*, *Un Prince de la bohême*, *Honorine*, et, pour terminer, les deux grands romans jumeaux que sont *La Cousine Bette* et *Le Cousin Pons*, et *Splendeurs et misères des courtisanes* (moins *La Dernière incarnation de Vautrin*, dernière partie, parue après la mort du romancier).

Les différents cadres. — On le voit, la conception même et le contenu de chaque cadre (des *Etudes de mœurs*) varient avec le temps et les changements sociaux qui se sont produits au cours des vingt années de grande production balzacienne (1830-1850).

Néanmoins les scènes de la vie privée présentent surtout « la vie humaine dans son réveil matinal » (préface des *Etudes philosophiques*) et restent essentiellement axées sur la question du mariage, illustrant les méditations précoces de la *Physiologie du mariage* (commencée dès les années 1820) sur le choix du conjoint, les unions disproportionnées ou mal assorties, les dégoûts et les haines qui en résultent *(La Femme de trente ans, L'Interdiction)*, les embûches du contrat *(Le Contrat de mariage)*, la manière de conduire son ménage *(Une Fille d'Eve, La Fausse maîtresse)*, l'équilibre à maintenir entre la vie privée et la vie sociale *(Les Mémoires de deux jeunes mariées)*, les douleurs de l'abandon *(La Femme abandonnée)*, l'incompatibilité d'humeur *(Honorine)*, les drames et les comédies de l'adultère, séparation et réconciliation *(Le Père Goriot, Béatrix)*.

En avance sur la psychologie de son temps, Balzac sait que les infortunes naissent « de l'antagonisme méconnu que produisent les lois sociales entre les plus naturels désirs et les plus impérieux souhaits de nos instincts dans toute leur vigueur ». Mais, dans cette œuvre complexe, il y a place pour des scènes de la vie privée sans amour ni mariage *(Un début dans la vie)*, et tel grand roman comme *Le Père Goriot* envisage à la fois les rapports conjugaux et les sentiments qui unissent père et enfants. Balzac a plongé dans les secrets et les drames de la vie privée le regard à la fois du médecin, de l'homme de loi et du prêtre, ces « trois robes noires » qui n'ignorent rien des misères et des crimes cachés.

Les *Scènes de la vie de province*, nettement localisées par rapport aux précédentes, se situent dans des villes plus ou moins importantes, mais géneralement à l'écart du mouvement industriel, villes endormies souvent, mais où les rivalités entre ville haute aristocratique et basse ville du commerce et du peuple prennent, par le resserrement géographique et le loisir, une acuité plus grande qu'à Paris, où l'on ne connaît pas son voisin.

C'est le lieu « en demi-teintes » où se révèlent « les frottements de mécanisme social », où les comptes se règlent souterrainement ; le lieu aussi où se construisent patiemment les fortunes *(Eugénie Grandet)*, où se terminent les existences de boutiquiers parisiens *(Pierrette)*, où une noblesse pauvre prépare pour ses fils la promotion dans l'aristocratie parisienne *(Le Père Goriot, Le Cabinet des antiques)*.

Balzac a conçu la province comme le lieu de l'immobilisme, mais aussi comme le creuset d'où sortent les « sommités » parisiennes, et le lieu où viennent échouer les vaincus sans grandeur. Un double mouvement, dont rend compte la classification, s'instaure entre *Parisiens en province* et *Provinciaux à Paris.*

Le Paris de *La Comédie humaine* est conçu tantôt de l'intérieur, tantôt de l'extérieur, comme le lieu fantastique et spécifique où tout peut arriver et dont les drames ne sauraient être compris en dehors des barrières, l'enfer dantesque des luttes pour l'or et le plaisir, l'antre cyclopéen du travail sur lequel s'enlève la ville des oisifs et l'immobile faubourg Saint-Germain ; l'opposition étant d'ailleurs constamment niée par la commune passion de l'argent, la promotion sociale et la contamination des hautes classes par les basses, ministres de leurs plaisirs. Ville divisée en quartiers, qui correspondent à la réalité, mais que le romancier rend encore plus représentatifs des diverses classes par une symbolique distribution des adresses de ses personnages et où le rang et la fortune se distinguent aussi verticalement, de la boutique du rez-de-chaussée à la mansarde de la grisette, en passant par l'étage noble et les divers étages bourgeois. Paris, lieu des contrastes tranchés et des rapprochements imprévus, champ de bataille de l'ambition, participe du mythe qui remonte alors déjà loin et sur lequel nous vivons encore. « Là, écrit Balzac, l'existence est peinte à grands traits » d'une « société corrompue parce qu'elle est éminemment civilisée ». Vu des bords de la Loire ou de la Charente, Paris est pour les ambitieux des années 1834-1836 la citadelle à emporter. La promotion bourgeoise et les ralliements aristocratiques des années suivantes la ramènent à être la ville de la spéculation et des affaires. Les « vues » du grand monde nous mettent de plain-pied avec une aristocratie saisie dans l'intimisme de la vie privée ; les dernières scènes de la vie parisienne appartiennent aux petits bourgeois, aux bas-fonds de la prostitution et de la police. Des scènes prévues pour illustrer la vie politique, Balzac a écrit exactement la moitié : la nouvelle *Un épisode sous la Terreur*, qui met en scène l'exécuteur des hautes œuvres Samson ; *Une Ténébreuse affaire*, qui transpose un réel enlèvement politique où trempèrent sous l'Empire Fouché et Talleyrand ; *Z. Marcas*, qui conte le douloureux échec d'un homme politique né ; *le Député d'Arcis*, chronique d'une élection en province et dernière incarnation, en député, de l'aventurier Maxime de Trailles.

De la vie militaire, qui devait comporter vingt-trois romans, n'ont été écrits, hors la nouvelle *Une passion dans le désert* (celle d'un soldat d'Afrique pour sa panthère apprivoisée), que *Les Chouans*. A partir de 1833, Balzac a rêvé une énorme fresque de la bataille de Wagram, *La Bataille*, dont il n'a pas écrit une ligne (ce que réalisera Tolstoï pour Austerlitz dans la première partie de *Guerre et Paix*). Mais les titres des œuvres à faire dans le *Catalogue* de 1845 disent la place qu'ont tenue dans la pensée de Balzac la campagne de Vendée, les rêves asiatiques de Napoléon et, en général, toute l'épopée napoléonienne.

Quatre volumes sont consacrés à la campagne, conçue comme le lieu de la retraite et d'une méditation religieuse liées à une active philanthropie.

Dans *Le Médecin de campagne*, Balzac, qu'ont toujours intéressé les questions d'économie, d'urbanisme, etc., retrace la passionnante création, dans une région défavorisée du Grenoblois, d'un village modèle grâce à la générosité d'un médecin qu'anime une sorte d'amour paternel pour ses concitoyens. *Le Curé de village* (1839) transpose le même sujet en Limousin, mais le romancier trouve cette œuvre supérieure à la première, car ce n'est plus un zèle laïque, mais un zèle religieux et la soif de se racheter qui animent respectivement le curé Bonnet et Véronique Graslin, les deux bienfaiteurs de Montégnac. Entre ces deux œuvres, *Le Lys dans la vallée* (1836) (d'abord scène de la vie de province) évoque aussi le bonheur que Mme de Mortsauf crée autour de son château de Clochegourde par la construction de fermes, mais ce n'est là que l'aspect secondaire d'une œuvre extrêmement riche et poétique où nous retient surtout, outre la belle et douloureuse figure de Mme de Mortsauf, la voluptueuse évocation d'une Touraine où Balzac était né et qu'il a toujours aimée.

Dans ces trois premiers romans de la campagne, l'auteur, indifférent à l'aspect régionaliste ou folklorique, nourrit une plus haute ambition : à une époque où le paysage vient d'obtenir droit de cité en peinture (en France), « résoudre la difficile question du paysage en littérature » ; et Balzac a tracé d'admirables tableaux dans lesquels joue la théorie des correspondances. La dernière scène de campagne, inachevée, n'a rien à voir avec les autres : *Les Paysans* appartiennent à une époque (après 1840) où Balzac sent la montée des « Barbares », tant paysans qu'ouvriers-prolétaires. Là, le châtelain est considéré comme l'ennemi-né, et son parc devient la proie des villageois qui veulent avoir leur lopin de terre ; le roman rompt avec la bucolique, montrant une étonnante compréhension des mentalités et des réalités économiques et sociales.

Le roman d'une société. — *La Comédie humaine* comporte 85 œuvres (sur les quelque 115 prévues), mais chaque roman n'étant « qu'un chapitre du grand roman de la société » (préf. d'*Illusions perdues*). Un seul immense livre où évoluent quelque 4 000 personnages, où vit toute la société française de la Restauration et de la Monarchie de Juillet, avec quelques échappées hors de ce temps : dans une dizaine d'œuvres, l'histoire débute ou se situe sous le Consulat et l'Empire *(La Vendetta, La Maison du chat qui pelote)*, quitte à se dénouer vingt ans plus tard

(*Une Ténébreuse affaire, Une Double famille, Gobseck, La Femme de trente ans, Autre étude de femme, L'Envers de l'histoire contemporaine*). Avec les contes philosophiques, le nouvelliste remonte encore plus haut, au Moyen Age, à la Renaissance, aux XVIe, XVIIe et XVIIIe siècles, à la période révolutionnaire, au Consulat et à l'Empire, en même temps que le décor se déplace volontiers à l'étranger (Brabant, Espagne, Venise, la Norvège). Mais c'est de la société de son temps que le romancier a voulu être « le secrétaire », « le greffier » (avant-propos de *La Comédie humaine*). Figurent dans son œuvre toutes les conditions sociales, les diverses professions, les divers âges. Chaque être replacé dans son décor, sa maison, avec ses traits, ses gestes, sa voix, la langue qu'il parle, le vêtement qu'il porte. En un temps où tout changeait rapidement, Balzac a fait de son roman une sorte de conservatoire des maisons et des meubles, des costumes et des coutumes, des idées et des mœurs.

De la réalité à l'art. — Cette peinture — milieux, caractères, situations — résulte d'une observation énorme : « On n'invente jamais rien », a écrit le grand romancier. Balzac raconte des histoires vécues, décrit des choses vues. « All is true », déclare l'auteur du *Père Goriot*. Son expérience personnelle a fourni beaucoup au narrateur, tôt initié chez lui aux drames plus ou moins secrets des familles, aux difficultés d'argent, et qui a pu compléter son éducation dans les études d'avoué et de notaire où (comme Daumier et Scribe) il a fait un stage dans sa jeunesse ; on sait aussi maintenant qu'il apprit beaucoup auprès d'amis âgés et surtout auprès de femmes qui étaient ses aînées, avaient fréquenté le monde et se firent ses éducatrices, en particulier

Mme de Berny. Mais sur tous les éléments fournis par le réel, vu ou narré, le romancier opère consciemment ou inconsciemment un immense travail. Par contamination, il fond plusieurs modèles (ou situations) en un seul ; ou, inversement, par démultiplication, il crée ces personnages jumeaux, ces *doubles* si fréquents dans son œuvre. Travail de réemploi, de génial « bricolage », d'élagage et de stylisation, dont le résultat est le dépassement de l'individu par création d'un *type*. Fuyant ce qu'il nomme « le petit malheur des personnalités », le romancier transforme des vies de hasard en destinées, double la peinture des conditions et des milieux par celle des *caractères*, qu'il aime grands, car « la grandeur des caractères augmente la grandeur des situations », dit-il. Ainsi des êtres intellectuellement et socialement quelconques accèdent à une extraordinaire grandeur : Birotteau, héros de la Probité, Goriot « Christ de la Paternité ». Du particulier, de l'anecdotique et du contingent, Balzac s'élève ainsi au significatif, passe du *réel* au *vrai*, qui ne s'obtient que par l'alchimie de l'art.

La recréation de la vie, les points de vue. — Par ce brassage du réel, *La Comédie humaine* ne se contente pas de reproduire la société existante, elle en *crée* une. A l'origine de ce miracle, l'invention du retour des personnages. Elle assure la cohésion d'un monde qui possède ses propres notaires, ses médecins, ses grands mondains. A partir de 1837 environ, Balzac prend conscience qu'il a créé un monde, *son* monde : il l'unifie alors, le concentre au fil des rééditions en attribuant à tels personnages, anonymes ou non, de ses premières œuvres, le nom et les aventures des héros de première grandeur qu'il a inventés depuis lors (ainsi les médecins anonymes d'*Etude de femme*, 1830 et de *La Peau de chagrin*, 1831, devenant Bianchon dans *La Comédie humaine*). Mieux, le romancier peut se permettre de couper les amarres qui attachent encore *La Comédie humaine* à la rive du monde réel, en remplaçant tels personnages réels par de grands personnages imaginaires (Lamartine devenant Canalis dans *Illusions perdues*). Ces personnages fictifs nous paraissent finalement aussi vrais que les très réels grands hommes irremplaçables qui paraissent dans *La Comédie humaine*, tels Napoléon, Louis XVIII ou Talleyrand, lesquels s'intègrent parfaitement à l'univers romanesque balzacien. On sait quelle extraordinaire illusion fait ainsi confondre — que l'on soit *spécialiste* ou seulement grand liseur de Balzac — un personnage balzacien avec son modèle probable, comme si le premier était le réel, tant il est plus riche que l'autre, exemplaire en un mot. Balzac a si bien compris que sa société devenait aussi réelle et compliquée que l'autre qu'il a rédigé l'article biographique d'un de ses personnages, Eugène de Rastignac, le proposant comme modèle pour un dictionnaire des personnages, que la postérité a en effet dû composer pour aider le lecteur à se retrouver dans *La Comédie humaine*.

Ce monde recréé se propose au lecteur sous des angles divers, grâce à l'ordre de lecture qui est *ad libitum* : on peut suivre, selon son humeur, et selon l'édition dont on dispose, l'ordre donné par le catalogue de *La Comédie humaine*, l'ordre chronologique de composition des œuvres, des *Chouans* à *Splendeurs et misères des courtisanes*, suivre un personnage privilégié d'un roman à l'autre, etc. De toute façon, ainsi que Balzac l'indique lui-même (préf. d'*Une Fille d'Eve*), d'un même personnage nous aurons ici le milieu de sa vie, là ses débuts, là encore sa fin ; il ne nous est connu que par des « flashes » successifs, exactement comme dans la vie réelle, où des récits, des confidences, des révélations, des articles nécrologiques composent tardivement le *curriculum vitae* de gens dont nous avions cru être proches. Et dans *La Comédie humaine*, comme dans la vie réelle, restent des zones d'ombre (par exemple, dans *Le Curé de village*), ce qui dément l'idée simpliste d'un Balzac romancier « omniscient ». Ainsi, Balzac, moins peintre ici que sculpteur, nous propose de tourner autour du personnage, de faire varier *les points de vue*, d'une manière très moderne. Le nombre des points de vue augmente encore du fait que tel roman, *Le Père Goriot* par exemple, prend un intérêt différent suivant qu'on le lit comme une scène parisienne (ce qu'il était d'abord), ou comme une scène de la vie privée (ce qu'il devient dans l'édition Furne), qu'on y voit les débuts de Rastignac ou la fin du père Goriot. Les événements politiques et leurs conséquences paraissent aussi dans un jour différent suivant le classement de l'œuvre (Alain définissait *Le Lys dans la vallée* « les Cent Jours vus d'un château de la Loire »). La même situation se réfracte différemment selon les milieux ; elle peut passer du registre tragique au registre comique. Après 1837, Balzac donne volontiers la préférence à ce second registre, et le nom de Molière revient souvent sous sa plume. La morale même obéit à cette vision kaléidoscopique : ce qui était vertu en province ou dans la bourgeoisie ne convient pas à Paris et dans la haute société. La morale de l'homme privé s'oppose à celle de l'homme public. Chaque roman reste d'ailleurs ouvert à une double compréhension, Balzac étant convaincu que la vérité ne se trouve que dans l'équilibre maintenu entre des opinions opposées.

Le système balzacien. — Jusqu'à une date récente la fécondité du romancier a masqué la force de sa pensée. Il apparaît maintenant que tout l'édifice repose sur un *système* philosophique qui concilie matérialisme et spiritualisme. Balzac croit à l'existence d'une substance primordiale, sorte de fluide magnétique, électrique, qu'il nomme « Pensée » ou « Volonté ». Pour lui, l'homme possède, en naissant, une somme d'énergie, un « capital de forces humaines » donné, qu'il pourra dépenser en pensée ou en passion, en efforts physiques ou en orgies, en roulades ou en entrechats. Une violente émotion peut dépenser d'un seul coup ce capital qui ne peut se reconstituer. Cette conception donne la clé de presque toutes les études philosophiques, où l'on voit la pensée, « le plus violent de tous les agents de destruction », foudroyer l'amnésique d'*Adieu* au moment où elle retrouve la mémoire, la mère qui apprend l'arrestation de son fils *(Le Réquisitionnaire)*, l'avare volé *(Maître Cornélius)* ; c'est la foi qui opère le miracle dans *Jésus-Christ en Flandre*, l'analyse qui tue Louis Lambert, le génial théoricien de la volonté, porte-parole de l'auteur. Lambert s'élève jusqu'à l'Ange ; car c'est aussi une idée philosophique et religieuse de Balzac (inspirée de Swedenborg et du philosophe mystique Louis-Claude de Saint-Martin) que celle d'une échelle des êtres : au plus bas, les *positifs* tout instinct ; un degré au-dessus, les *abstractifs* que sont les intellectuels et les gens adaptés au train du monde ; et, au sommet, les *spécialistes* qui sont des intuitifs, mystiques ou génies doués du don de seconde vue ; chaque être a d'ailleurs la possibilité de développer en lui la nature angélique, quelle que soit sa sphère morale ou sociale (comme il arrive à Eugénie Grandet). Cette conception introduit dans *La Comédie humaine* une vision tout intérieure de l'homme. Avec Séraphîta, ange hermaphrodite, nous débouchons en plein ciel *(Séraphîta)*.

Ce schéma vertical se retrouve dans la démarche du romancier et dans la structure de son œuvre. L'énorme matériel réuni pour les études de mœurs sur « l'homme extérieur » représente le spectacle (les *effets*), dont les « coulisses » et les « machines », comme dit Balzac dans la suite du texte cité p. 43 (les *causes*), se révèlent dans les *Etudes philosophiques*. Ces dernières tendent à l'allégorie ; les « individus typisés » des *Etudes de mœurs* y deviennent des « types individualisés » (ex. pour la femme sans cœur : la comtesse Féraud du *Colonel Chabert*, la duchesse de Langeais et la marquise d'Espard, à côté de la Fœdora de *La Peau de chagrin* ; cette dernière a d'ailleurs été créée avant les autres, car Balzac philosophe précède le Balzac réaliste d'après 1836). Mais le troisième étage de *La Comédie humaine*, s'il nous fait redescendre du ciel de *Séraphîta* à la société humaine et à l'homme extérieur (et c'est bien là ce qu'a voulu Balzac), marque un progrès de plus dans l'explication de l'homme : les études analytiques révèlent en effet les *principes* qui règlent l'activité de l'individu en société, gibier du romancier. La pensée modelant toutes les actions (la manière de marcher, de parler, de dormir, de se vêtir, de se meubler, etc.), Balzac, disciple de Lavater, remonte de cette *démarche* de l'homme extérieur à la pensée de l'homme intérieur ; méthode de décryptage toute nouvelle en son temps. Analyste de la vie sociale, Balzac ne s'en tient pas là ; il entend légiférer sur la mode, la démarche, la voix, « l'environnement » de l'homme (car sa *coquille* modèle un être), afin de réconcilier les deux parties de l'*homo duplex*. Enfin, pathologiste de la vie sociale, un Balzac rousseauiste dénonce le sensualisme analytique, et plus généralement la pensée (pour lui, elle a partie liée avec les instincts « violemment surexcités »), qu'il considère comme la cause la plus vive de désorganisation sociale (« A mesure que l'homme se civilise, écrit-il, il se suicide »).

Ces *Etudes analytiques*, reproduisant la chronologie des *Etudes de mœurs*, devaient comprendre une *Anatomie* ou *Analyse des corps enseignants* (qui, prenant l'homme avant sa naissance, envisagerait les problèmes de génétique avant ceux de l'éducation), *La Physiologie du mariage*, et la *Pathologie de la vie sociale*, c'est-à-dire de l'homme adulte et marié (elle comprend un *Traité de la vie élégante*, une *Théorie de la démarche* et un *Traité des excitants modernes*), pour fleurir en une *Monographie de la vertu* et un *Dialogue philosophique et politique sur les perfections du XIXe siècle*. La mort a laissé inachevé ce couronnement de l'œuvre, mais il en faut connaître le projet pour comprendre la portée de *La Comédie humaine*. Le but du peintre et de l'historien rejoint celui du psychologue et du moraliste : découvrir les « lois psychologiques ». De plus, Balzac s'érige en critique railleur, en juge, en législateur.

La division tripartite de l'œuvre ne doit pas nous en cacher le caractère profondément synthétique, *unitaire* comme la philosophie qui sous-tend le monde balzacien. Buffon et plus tard Geoffroy Saint-Hilaire (dont l'autorité cautionnera en 1842, dans l'Avant-propos de *La Comédie humaine*, la conception scientifique de l'œuvre) ont révélé à Balzac le principe d'*unité de composition* qui fait naître tous les êtres organisés d'un seul animal originel, différencié ensuite dans sa postérité par l'influence des divers milieux. Par une comparaison entre l'Animalité et l'Humanité, Balzac transpose ce principe des scènes de la Nature à celles de la Société : comme il y a des espèces zoologiques, il existe des espèces sociales (résultant de l'influence des milieux), à cette différence près que les habitudes

des animaux sont semblables en tout temps, et que celles de l'homme social changent au gré de la civilisation ; que, dans le règne humain, la femme se distingue nettement de l'homme, et qu'il faut tenir compte des choses et de la vie (« La vie est notre vêtement »).

L'idée qu'il n'y a pas plus d'égalité dans la société que dans la nature (idée qui lui vient de Bonald) informe aussi la *politique* du romancier, qui se fonde sur une indispensable hiérarchie sociale, allant du peuple instinctif et incapable de gouverner aux classes élevées, qui représentent pour Balzac « la pensée de la société » ; cette politique préconise un pouvoir fort, condamne l'individualisme moderne, exalte finalement les deux « principes jumeaux » que sont le catholicisme et le légitimisme : « J'écris à la lumière de deux Vérités éternelles : la Religion, la Monarchie », déclare-t-il dans l'Avant-propos, la religion étant « le plus grand élément d'ordre social ». Même si cette déclaration ne correspond pas forcément à ses sympathies et croyances intimes, on ne peut négliger ces options politiques d'un auteur qui a fait sienne la maxime de Bonald qu' « un écrivain doit avoir des opinions arrêtées », en morale comme en politique.

La technique balzacienne. — L'ampleur même d'une œuvre réaliste où paraissent tant de personnages, tant de lieux, tant d'objets a trop fait oublier aussi le grand écrivain qu'est Balzac. On a trop longtemps dit de lui — on le dit encore — qu'il écrit mal, et qu'il écrit de façon *linéaire*. L'étude des manuscrits, épreuves et successives éditions revues par l'auteur montre à l'évidence de quelle somme de réflexion et de travail procède *La Comédie humaine*. Faut-il rappeler que le roman balzacien, loin de répondre à un seul schéma naïf, prend toutes les formes : roman par lettres *(Le Lys dans la vallée, Mémoires de deux jeunes mariées)*, roman-gigogne, commençant par la fin selon une technique vulgarisée par le cinéma *(La Duchesse de Langeais)* ; il peut être dit pictural (*La Fille aux yeux d'or*, où les couleurs privilégiées sont celles de Delacroix à qui le roman est dédié), ou musical *(Gambara)*, ou policier *(Une ténébreuse affaire)* ; il peut être le roman d'une crise *(Le Père Goriot)*, cependant que, groupées, plusieurs œuvres constituent des romans d'une vie, et l'œuvre entier une sorte de roman « brut » d'une génération (pour employer la distinction d'A. Thibaudet). Mais la construction privilégiée par le romancier met en valeur l'aspect proprement *dramatique* de ses récits : long retour en arrière ; et, une fois l'intrigue nouée, un dénouement rapide qu'imposent ces prémisses. Le temps, matière du romancier, est ainsi rendu sensible dans ses lenteurs souterraines et ses brusques et violentes accélérations. Génie et travail portent au même degré de réussite et d'intensité le récit, la description, le paysage, le dialogue, l'analyse des caractères.

La grandeur d'une œuvre. — La création balzacienne frappe par son caractère démiurgique, elle est « une des plus immenses entreprises qu'un homme seul ait osé concevoir » (préf. aux *Etudes philosophiques*) ; une œuvre qui, possédant en elle-même « le germe d'une haute synthèse », née d'un plan et d'une idée, croît, selon l'image utilisée par l'auteur, comme « une cathédrale » selon les sollicitations et les hasards du temps, mais aussi comme un corps organique et vivant, avec des arrêts, des reprises, l'auteur travaillant polyphoniquement à plusieurs romans à la fois, et par ailleurs échelonnant parfois sur plusieurs années l'achèvement d'une œuvre. L'ensemble donne l'impression d'une somme, d'un immense inventaire de tous les intérêts, vices, passions et forces ; de toutes les situations aussi, qui *reparaissent* d'ailleurs, comme les personnages, avec les variations qu'imposent les différences d'âge, de milieu, de fortune ; elle embrasse toutes les sciences, exigeant de son auteur qu'il soit à la fois physiologiste, historien, géographe, généalogiste, économiste, antiquaire, urbaniste ; elle constitue finalement une sorte de *miroir du monde.*

Longtemps Balzac resta confondu dans la masse des romanciers féconds de son temps ; les critiques ne virent dans l'auteur de *La Comédie humaine* que le peintre des petits-bourgeois, des passions noires ou des sentiments bas. Le lieu commun traîne encore, malgré les preuves, qu'il n'a rien compris au grand monde, non plus qu'aux sentiments un peu relevés. Mais la légende, s'agissant de Balzac, a rétabli la justice, rendu au romancier toute son héroïque grandeur. Elle a campé le géant des lettres, se relevant à minuit pour écrire dix heures d'affilée, demandant à un noir breuvage la force d'aller jusqu'au bout de son projet, et mourant à la tâche à cinquante ans. L'image insuffisante du romancier réaliste a dû céder la place à celle, non seulement du génial observateur chez qui, comme chez le médecin, l'observation analytique finit par se raccourcir en une intuition immédiate, mais d'un voyant, véritablement doué de cette seconde vue dont il est parlé dans *Louis Lambert* et dans *Facino Cane.* Baudelaire le premier a reconnu en Balzac ce « visionnaire ».

Pour ce visionnaire, le cliché des romanciers en veine de confidences, que leurs personnages leur échappent et acquièrent une vie indépendante, se vérifie vraiment. Encore que ces mots appartiennent à la légende, le « Revenons à la réalité. A qui allons-nous marier Eugénie Grandet ? » ou le « Appelez Bianchon, il me sauvera ! » traduisent une réalité. A des créatures nées de son imagination, le romancier va jusqu'à permettre de modifier son projet ou d'affaiblir sa thèse. Dans *Le Médecin de campagne*, roman à la gloire de l'organisation et du travail, les deux administrés du docteur Bénassis les plus attachants sont une poétique rêveuse, La Fosseuse, et Butifer, le beau et libre braconnier.

Des situations et des sentiments dépeints, on voit aussi maintenant tout ce qu'ils doivent, non seulement à l'expérience de l'auteur, mais aussi à tous les *possibles* qu'il a sentis s'agiter en lui. Œuvre en apparence profondément extravertie, elle est justiciable d'approches psychanalytiques également. Tout, et son contraire, se trouve dans l'œuvre balzacienne. Le romancier qui, le premier, a mis l'accent — et avec quelle force ! — sur la puissance des intérêts matériels, de l'argent, de l'économie, a su aussi qu'ils pliaient devant la force des croyances et des passions (« La passion est toute l'humanité »). Dans son œuvre il n'est guère de créature à qui il n'ait donné une passion, ou du moins cette énergie conquérante qui était la sienne.

L'influence de Balzac. — A partir de Balzac tout ce qui s'écrira en fait d'œuvre romanesque le sera dans sa foulée, parfois pour rivaliser avec son gigantesque projet ; ou contre lui, pour échapper à sa forte emprise. Toutefois, en France, Balzac ne fut pas immédiatement reconnu comme le plus grand, cela en particulier à cause de la venimeuse jalousie de Sainte-Beuve. Mais, à l'étranger, Balzac fut vite tenu pour un génie. En Russie surtout, où ses œuvres sont immédiatement traduites ou publiées en abrégé. A seize ans, Dostoïevski a déjà lu presque tout ce que Balzac a publié ; il traduit lui-même *Eugénie Grandet*. Sa première nouvelle, *Les Pauvres gens*, doit à Balzac autant qu'à Gogol. *Crime et châtiment* se souvient à l'évidence du *Père Goriot* : les tentations de l'étudiant pauvre Raskolnikov répètent celles de l'étudiant Rastignac (auquel il emprunte presque son nom). Tolstoï déclare à Gorki : « De mon temps, nous avons tous appris à écrire dans Balzac. » Goethe salue le génie de l'auteur de *La Peau de chagrin*. En Espagne, c'est Balzac qui a réveillé une littérature romanesque complètement endormie, révélant sa vocation de romancier à Perez Galdos (Benito), 1843-1920, qui s'est voulu le Balzac espagnol dans les quelque quarante volumes de ses *Novelas contemporáneas*. Au nom de la morale, l'Angleterre victorienne reste plus longtemps réticente à l'égard de Balzac, assez tardivement traduit ; mais il est possible que Thackeray lui ait emprunté. A la fin du siècle, Swinburne salue l'auteur de *La Comédie humaine* comme un génie shakespearien. *Washington square* (1881) de l'Américain Henry James sc souvient à l'évidence d'*Eugénie Grandet*. Oscar Wilde enfin exprime parfaitement une influence qui ne fut pas seulement littéraire, mais sociale, en disant que « le XIXe siècle est largement une invention de Balzac ».

Chapitre V

LE ROMANTISME ET APRÈS

Le dernier Balzac (celui de *Splendeurs et misères des courtisanes*) « fait », selon sa propre expression, « de l'Eugène Sue ». Ses dernières années ont en effet été gâchées par la concurrence que lui font des romanciers comme Sue, Dumas et Sand, que leur habileté à composer au jour le jour, sans plan d'ensemble, met à l'aise dans le roman-feuilleton.

Pour l'intrigue et les décors, le feuilleton dérive à la fois du roman historique et du roman noir, horrifiant, terrifiant, *frénétique.* Au genre frénétique appartiennent en France les histoires de brigands, de bourreaux et de révoltés divers : le *Jean Sbogar* (1818), dont le héros est un brigand schillerien, de Nodier ; *Han d'Islande* (1824) et *Bug-Jargal* (1825) de Hugo ; le (tristement) fameux *Solitaire* du vicomte d'Arlincourt (27 éditions, 14 adaptations différentes au théâtre ; traduit dans toutes les langues européennes, l'ouvrage inspire tableaux, gravures, chansons) ; et, plus tard, *L'Ane mort et la femme guillotinée* (1831) de Jules Janin, qui transporte le lecteur dans tous les bas-fonds de l'horreur, prisons, hôpitaux, maisons closes, morgue, salle de dissection, cimetière de Clamart ; ou les romans de Roger de Beauvoir (Edmond de Bully, dit), tels que *L'Ecolier de Cluny ou le sophisme* (1832), d'où

Alexandre Dumas tirera *La Tour de Nesle*. Mais il va de soi que le découpage en feuilletons multipliera les ressources du genre frénétique, auquel Balzac a lui-même donné des gages dans *La Peau de chagrin* et dans *Ferragus*.

Eugène Sue (1804-1857) commence sa carrière littéraire en créant le roman maritime, *Plick et Plock* (1831) et *Atar-Gull* (1831), *La Salamandre* (1832), *La Cucaracha* (1832-1834), *La Vigie de Koat-Ven* (1833), *Latréaumont* (1837), *Arthur* (1838), *Le Marquis de Létorière* (1838), *Mathilde* (1841) sont des romans de mœurs (et d'un grand monde inquiétant en rapport avec les bas-fonds), *Jean Cavalier* (1840) un roman historique sur les dragonnades des Cévennes. Le grand succès vint à Sue, après sa conversion au socialisme, et au feuilleton, avec *Les Mystères de Paris* (1842-1843), dix volumes qui peignent les bas-fonds de la capitale et créent des figures violemment contrastées, affreuses (le Chourineur, la Chouette), mystérieuses ou touchantes (le prince Rodolphe, Fleur-de-Marie). Suit *Le Juif errant* (1844-1845, dix volumes aussi). Cent cinquante volumes en tout font de Sue le roi du roman populaire.

Alexandre Dumas (1802-1870), créateur du drame romantique en 1829 *(Henri III et sa cour)*, ne commence que dix ans plus tard une carrière de romancier feuilletoniste extrêmement fécond aussi. Véritable « entrepreneur de littérature », en dix ans de publication intensive (où il se fait aider par une équipe qui compte un moment Gautier et Nerval), partant du dépouillement des mémoires et ouvrages historiques, il ressuscite dans ses romans « de cape et d'épée » : le XVIe siècle des intrigues de cour et des guerres de religion dans un cycle de trois romans, *La Reine Margot*, *La Dame de Montsoreau*, et *Les Quarante-cinq* ; le XVIIe siècle avec la série *Les Trois Mousquetaires*, *Vingt ans après*, *Le Vicomte de Bragelonne*, et *Le Comte de Monte-Cristo* ; le XVIIIe siècle également avec un cycle, *Le Collier de la Reine*, *Le Chevalier de Maison-Rouge*. Peu soucieux de stricte vérité historique (« Qu'est-ce que l'Histoire ?, disait-il, c'est un clou auquel j'accroche mes romans »), Dumas sait en revanche merveilleusement ressusciter le passé, mettre à profit son expérience du théâtre dans la création des décors, dans la mise en place des scènes intimistes ou de foule, d'amour ou de supplice. On connaît son sens de la narration et du « suspens », son imagination romanesque et le panache qui font des *Trois Mousquetaires* en particulier un chef-d'œuvre.

George Sand (pseud. d'Aurore Dupin, baronne Dudevant, 1804-1876) transpose dans ses premiers romans des problèmes et une réflexion personnels, même si elle ne veut être comme romancière qu' « un miroir ». Dans *Indiana* (1832), histoire d'une jeune femme faible, mal mariée et incomprise, G. Sand dénonce « l'injustice et la barbarie des lois qui régissent encore l'existence de la femme dans le mariage, dans la famille et dans la société » ; elle se fait d'avance l'avocate des êtres passionnés brisés par l'opinion. *Lélia* (1833) traite des mêmes questions, mais sous une forme différente, lyrique surtout. Dans cet « essai poétique », dans ce « roman fantastique », chaque personnage représente, selon leur auteur, « une fraction de l'intelligence philosophique du XIXe siècle », Lélia le spiritualisme, Pulchérie l'épicurisme, Stenio l'enthousiasme, Magnus le clergé corrompu. Après ces témoignages et plaidoyers que sont aussi *Valentine*, *Jacques*, *André*, *Simon*, G. Sand écrit, sous l'influence de Lamennais et de Pierre Leroux, un roman philosophique et religieux, *Spiridion* (1838) où le héros, un moine, annonce à son disciple l'avènement du troisième règne, celui du Saint-Esprit (ce livre aura une influence sur le Renan de *La Vie de Jésus*). Dès lors la romancière se met au service de l'idéal socialiste, « communaliste » et évangélique auquel l'ont initiée, différemment, l'avocat Michel et Leroux. *Le Compagnon du Tour de France* (1841), inspiré du *Livre du compagnonnage* d'Agricol Perdiguier, glorifie le travail manuel, *Horace* (1842) retrace les journées révolutionnaires de 1832. *Consuelo* (son chef-d'œuvre sans doute) a pour héroïne une cantatrice de la Venise du XVIIIe siècle et pour modèle la sœur de la Malibran, Pauline Garcia-Viardot ; mais George Sand s'identifie elle-même avec son personnage dans la suite qu'elle donne à *Consuelo*, sous le titre *La Comtesse de Rudolstadt* ; cette suite narre l'épopée de la franc-maçonnerie et du hussisme égalitaires, dont le héros est un violoniste génial et extatique. Paru de 1842 à 1844 dans la *Revue indépendante* de Leroux et Viardot, ce double roman à épisodes tient aussi de la nouvelle musicale, du roman historique, noir, d'aventures ou de voyages, du roman de formation aussi. L'imagination de l'auteur y donne vie à une énorme documentation, son enthousiasme y exalte l'Art et l'Évangile éternel.

Cette inspiration socialiste se retrouve dans les romans champêtres, auxquels G. Sand donne pour cadre son Berry natal : *Mauprat* (1837) peut déjà être considéré comme un roman champêtre, mais c'est avec *Jeanne* (1844) que la romancière crée vraiment l'idylle champêtre et découvre sa propre esthétique : dire une vérité idéale grâce à l'églogue (Jeanne, âme poétique, et sensible, Isis gauloise, est à la fois Velléda et Jeanne d'Arc). Suivent *Le Meunier d'Angibault* (1845) et la trilogie *La Mare au Diable* (1846), *La Petite Fadette* (1849) et *François le Champi* (1850). G. Sand y fait justice de préjugés et de superstitions, exalte la vie du laboureur, son « génie des songes », son sens du merveilleux. Le cycle s'achève en 1853 par *Les Maîtres sonneurs* qui portent la marque du désarroi de Sand après la révolution, le plébiscite des campagnes et le coup d'Etat.

Transposition champêtre de *Consuelo*, cette histoire d'un cornemuseux inspiré (une sorte de Chopin paysan et berrichon) fait leur place à la musique populaire, à l'ethnologie (marquant le rapport intime entre l'homme et le sol) ; poursuivie par son « mirage d'innocence », la romancière termine son histoire par la création d'une petite société parfaite où cependant le musicien, paria volontaire et involontaire, ne trouve pas sa place. A la campagne le roman emprunte jusqu'à sa forme, puisqu'il est composé d'une suite de récits entendus dans les veillées de chanvreurs.

Jusqu'à sa mort, Sand continue d'écrire des romans de genres divers, historique *(Les Beaux messieurs de Bois-Doré)*, d'analyse *(Laura)*, réaliste *(Cadio)*. Une prodigieuse facilité d'écriture, une insouciance, trop franchement avouée, des plans, théories et recherches de style ont longtemps caché la beauté de cette œuvre romanesque. Longtemps G. Sand ne fut guère connue que comme l'auteur de romans champêtres à l'usage de la jeunesse. On découvre à peine aujourd'hui l'étonnante diversité et la richesse d'une œuvre répondant à une carrière d'écrivain qui s'étend sur quarante ans, et où l'inspiration généreuse se renouvelle constamment sous l'influence des expériences, des amitiés, des idées épousées.

Autour de Balzac. — Pour donner une idée exacte de la vogue du roman sous la Monarchie de Juillet, il faudrait citer un grand nombre d'écrivains contemporains de Balzac et que sa gloire éclipse.

Certains, mineurs, ont eu en leur temps une certaine audience : **Alphonse Karr**, qui fut son collaborateur dans le journalisme, a écrit *Sous les tilleuls* (1832), *Une heure plus tard* (1833), *Fa dièze* (1834), *Le Chemin le plus court* (1837), etc., qui ne sont pas sans humour ni sensibilité. Plus terne, **Sandeau** (Julien, dit Jules, 1811-1883), collaborateur de celle qui sera bientôt George Sand dans *Rose et Blanche ou la comédienne et la religieuse* (1831), écrira seul en 1839 une transposition de ses amours avec la romancière, *Marianna* ; et en 1847 *Mademoiselle de La Seiglière*. Citons encore, dans l'orbite de Balzac, **Léon Gozlan**, auteur d'un roman de mœurs, *Le Notaire de Chantilly*, 1836, avant de donner au temps du réalisme deux romans de psychologie médicale; **Edouard Ourliac** (1813-1848) qui n'eut pas le temps de donner sa mesure (*Confessions de Lazarille* et *Suzanne*, 1840).

Soulié (Frédéric 1800-1847), connut une gloire presque aussi grande en son temps que Balzac dont il possédait (sinon le génie !) l'abondance. Sa trentaine de romans fut un des best-sellers de la Monarchie de Juillet (avec ceux de Sue et de Dumas). D'abord tenté par le roman historique, il s'attelle à une suite de récits (*Le Vicomte de Béziers*, *Sathaniel*, etc.) dont l'ensemble forme les *Romans historiques du Languedoc*. Mais, changeant de front, il puise dans les causes célèbres du temps la matière de romans riches en assassinats, viols, scènes macabres, d'une réelle habileté dramatique. Ses *Mémoires du diable* (1837) annoncent *Les Mystères de Paris*.

Charles de Bernard (1804-1850), sur le conseil de Balzac, songe à faire pour sa Franche-Comté ce qu'a fait Soulié pour le Languedoc, puis il renonce à ces prétentions historiques pour s'inspirer du roman noir, du mélodrame et du feuilleton. Ses romans, qui abondent en forçats plus ou moins innocents, en persécuteurs byroniens, en vieillards jaloux et en femmes adultères, ne manquent pas pour autant des qualités d'observation que réclame l'étude de mœurs. Détail amusant : malgré ces horreurs, c'est lui que, de Paris, Thackeray recommande aux lecteurs anglais, comme un Balzac moins atroce. Ses romans les plus célèbres sont *Gerfaut* (1838) et *La Femme de quarante ans* (1851) dont le titre éveille des échos balzaciens.

Un grand romancier qui refuse les classifications, Barbey d'Aurevilly (1808-1889). — Barbey d'Aurevilly paya son tribut au romantisme frénétique des années trente avec ses deux premiers romans, *Le Cachet d'onyx* (1831) et *Léa* (1832). *L'Amour impossible* (1841), roman mondain et dandy, fait penser à Stendhal. Dandy lui-même, Barbey d'Aurevilly peint très finement, jusque dans ses euphémismes de conduite et de langage, la vie aristocratique parisienne, comme celle du faubourg Saint-Germain de Saint-Sauveur-le-Vicomte (Manche), sa patrie, où le ramènent ses préoccupations d'écrivain. Il se veut en effet le Walter Scott de cette Ecosse qu'est le Cotentin. La lecture du *Réquisitionnaire* et de *La Vieille Fille* de Balzac l'a converti au roman de la province. De son Cotentin il dit les coutumes, les superstitions, il cite les « normandismes » ; il y fait vivre des êtres d'une puissante personnalité, héroïques, passionnés, prêtres sataniques et sorcières, saints et damnés. Même s'il fournit au lecteur les raisons psychologiques et ethniques des actions et des apparents sortilèges, le romancier janséniste fait de l'âme de ses personnages le lieu d'un combat surnaturel entre Dieu et Satan. Six grands romans : *Une Vieille maîtresse* (1849-1851), *L'Ensorcelée* (1850), *Le Chevalier des Touches* (1863), *Un prêtre marié* (1865), *Ce qui ne meurt pas* (1880), *Une histoire sans nom* (1881). Barbey romancier s'impose comme conteur, avant même que cette spécificité de son talent n'apparaisse dans la mise en scène caractéristique de la nouvelle (*Les Diaboliques*, 1874). Sa longévité fait de Barbey le contemporain moins de Flaubert que de Huysmans, Bloy et Villiers de L'Isle-Adam, qui admirèrent la splendeur baroque de son œuvre, son catholicisme hardi et son aristocratie spirituelle.

La contribution des poètes. — Les poètes romantiques ont eux aussi enrichi la littérature romanesque. C'est le poète raté des *Poésies et Pensées de Joseph Delorme* qui écrit en 1834 le roman-confidence *Volupté* ; Sainte-Beuve y raconte les hésitations d'un jeune homme entre trois amours possibles, situation qui inspirera *Le Lys dans la vallée* et *L'Education sentimentale.* Musset, qui avait traduit en 1829 *Les Confessions d'un mangeur d'opium* de Thomas de Quincey, semble se rappeler ce titre lorsqu'en 1836 il transpose l'histoire de ses trois années de liaison avec George Sand dans *La Confession d'un enfant du siècle* ; il en annonce la rédaction à Sand comme celle d'un « roman », mais reconnaît ensuite que ces sortes de livres ne sont pas « assez vrais pour des mémoires, à beaucoup près, et pas assez faux pour des romans ». G. Sand jugea l'ouvrage « très supérieur à *Adolphe* ». Les *Romans goguenards* de Théophile Gautier (1811-1872) ne sont que des nouvelles, mais, en 1836, *Mademoiselle de Maupin*, qui s'inspire des aventures de la célèbre cantatrice du XVIIIe siècle, raconte « d'une manière assez lâche et poétique » l'intrigue *triangulaire* entre un homme, une femme et un hermaphrodite. Ce roman, « hymne à la beauté » (Baudelaire), fit scandale, moins par le sujet même que par sa préface, manifeste de la nouvelle école de *l'Art pour l'Art* qui se moquait du moralisme et de l'utilitarisme bourgeois autant que des langueurs romantiques. Gautier refera dans *Fortunio* (1838) ce rêve de beauté, et, toujours avide de dépaysement, transportera son lecteur, quatre ans avant la *Salammbô* de Flaubert, dans l'Orient antique avec son *Roman de la momie* (1858), puis dans le monde des comédiens ambulants à l'époque Louis XIII avec *Le Capitaine Fracasse* (1863).

Dans *Jocelyn* (1836), « journal trouvé chez un curé de campagne », Lamartine, en poète épique, avait déjà raconté une vie. A l'époque où il a abandonné la poésie pour la politique, il revit dans *Graziella* (1849) une idylle napolitaine de sa jeunesse, rapporte dans le roman (populiste avant la lettre) de *Geneviève* (1850) le récit d'une servante, et campe, dans *Le Tailleur de pierres de Saint-Point, récit villageois* (1850), un personnage de sage rustique.

On peut difficilement donner le nom de roman (au XIXe siècle) à *Stello* et à *Daphné* d'Alfred de Vigny, qui sont des dialogues philosophiques illustrés de récits ; le premier, par trois histoires (celles des poètes Gilbert, Chatterton, Chénier) contées par le Docteur Noir ; le second, par une sorte de « roman antique » de l'empereur Julien. On hésite aussi à appeler roman la *Sylvie* (1853) de Nerval, autobiographie rêveuse de son enfance dans le Valois et de son double amour pour la simple Sylvie et pour l'aristocratique Adrienne ; *Aurélia* (1854) mérite encore moins ce nom, qui se présente comme un récit de rêve, voyage initiatique à la recherche de la bien-aimée disparue.

Un grand roman romantique et social au temps du réalisme. — En 1862 paraît un grand roman romantique qui pourrait être contemporain de Balzac et de Sue, le dernier grand roman populaire aussi, synthèse du roman social, sentimental, historique et d'intrigue : *Les Misérables*, de Hugo. Commencée en 1845-1848 (titre alors prévu : *Les Misères*), l'œuvre est achevée après plus de dix ans d'interruption, en 1860, dans le climat mystique de l'exil.

La figure centrale en est le forçat évadé, Jean Valjean, dont l'admirable charité de Mgr Myriel fait un homme nouveau. Devenu maire de Boulogne-sur-Mer, protecteur de Fantine, l'ouvrière abandonnée réduite à la prostitution, puis de sa fille, Cosette, il se voit néanmoins poursuivi par la haine active du policier Javert, qui le réduit à la fuite et à la clandestinité. Le romancier conte parallèlement les destins de Valjean, de Cosette et du jeune Marius (qu'il donnera comme mari à Cosette), jusqu'à ce qu'ils se rejoignent en juin 1832 sur la

barricade de la rue Saint-Denis, où Jean Valjean sauve Marius, et où tombe héroïquement le sympathique gamin Gavroche. Le roman nous conduit jusqu'à la mort de Valjean, admirablement sereine et illuminée par la grâce du rachat.

Avec les personnages déjà nommés et tant d'autres, purs comme Eponine ou affreux comme les Thénardier, le lecteur pénètre dans le monde de la misère, du bagne aux bas-fonds et barrières de Paris ; le roman dénonce « la dégradation de l'homme par le prolétariat, de la femme par la faim, de l'enfant par la nuit ». Toute une époque et une société (1815-1833) ressuscitent à la faveur de longues digressions que justifie l'intrigue *(Waterloo, En l'année 1817)*. Cet énorme roman, comme fait d'un bouquet de romans, donne vie à des héros inoubliables ; la pensée généreuse qui l'inspire en fait un poème aux puissants contrastes, une épopée des êtres obscurs en route vers plus de lumière. Hugo, à vingt-deux ans, n'avait-il pas rêvé « d'enchâsser Walter Scott dans Homère » ? Il donnera encore *Les Travailleurs de la mer* (1866), *L'Homme qui rit* (1869) et *Quatre-vingt-treize* (1874).

Riche année 1862 qui voit paraître deux autres romans célèbres qui n'ont rien de commun entre eux (ni avec *Les Misérables* !) : *Salammbô* (voir p. 80) et *Dominique* du peintre orientaliste Fromentin, roman beuvien et décoloré de l'ennui et de l'échec, où s'exténue la transparence du roman d'analyse. Toutefois le romanesque inspirera encore en 1874 un diplomate de cinquante-trois ans, Arthur de Gobineau, pour son premier roman, *Les Pléiades*, où, dans un décor stendhalien de petite cour romantique, dans une Allemagne de fantaisie, des personnages d'un cosmopolitisme élégant, nobles, sensibles et lucides, comme en rêvait l'auteur de *La Chartreuse de Parme*, des « fils de roi », se consacrent à la recherche de l'amour fou et du bonheur. Le ton dandy, le recours à la sous-conversation évoquent aussi le modèle stendhalien.

Le réalisme. — *Les Misérables* et *Les Pléiades* ne sont que les brillantes séquelles d'un romantisme que refusent, dès le tournant du siècle, des artistes et écrivains qui se veulent « réalistes ». Le mot date à vrai dire de 1837 (on le lit sous la plume du critique Gustave Planche), et depuis 1844 il désigne, concurremment avec son synonyme *naturaliste*, les peintres paysagistes. Le mouvement réaliste naît en effet dans le milieu pictural, et très précisément en 1848 à la brasserie Andler, dans l'entourage du peintre Courbet qui a fait sortir de l'atelier, du musée — et des sujets « nobles » — le peintre et la peinture. En littérature, on a vu l'acte de naissance du réalisme dans les *Scènes de la vie de bohème* (1849) d'Henri Murger. Mais le principal instigateur du mouvement se nomme Champfleury (Jules Fleury, dit), 1821-1889.

Ami de Gustave Courbet, auteur du bref *Chien-Caillou* (1848), qui met en scène le pauvre graveur Bresdin, il s'attelle ensuite à une trilogie réaliste, *Les Souffrances du professeur Delteil* (1853), *Les Bourgeois de Molinchart* (1854) et *Monsieur de Boisdhyver* (1856). Se dégageant du romanesque, refusant la fantaisie de Murger, pour remonter au réalisme illustré au XVIIIe siècle par *Les Illustres françaises* de « l'Aventurier Challes », Champfleury revient à la peinture du quotidien. Si Champfleury fait figure de chef de file, le réalisme trouva son héraut et son historien dans Duranty (Louis-Edmond, 1833-1880) qui fonda avec Champfleury et Assezat l'éphémère journal *Réalisme*. Le réalisme prône une narration et une analyse sèches de drames quelconques. Ce que Duranty (malgré une psychologie que ses contemporains ont rapprochée de celle de Stendhal, et des audaces en avance sur son temps) ne réussit que trop bien dans les deux plus connus de ses arides romans, *Le Malheur d'Henriette Gérard* (1860) et *La Cause du Beau Guillaume* (1862).

Les Goncourt (Edmond de, 1821-1896 et Jules de, 1830-1870), avec plus de talent, reprennent en partie le programme du réalisme. Ils veulent, comme le dira plus tard Edmond, remplacer « une humanité de dessus de pendule par une humanité d'après nature » ; faire descendre la littérature « au peuple, au laid jusqu'à l'horrible ». Romanciers physiologistes, ils décrivent les horreurs d'un hôpital (*Sœur Philomène*, 1861), la déchéance d'une domestique nymphomane (*Germinie Lacerteux*, 1864, véritable « roman médical »), l'embourgeoisement d'un modèle (*Manette Salomon*, 1867), ou les élans mystiques d'une névrosée (*Madame Gervaisais*, 1869).

Dans la suite de Balzac, les Goncourt revendiquent le rôle d'historiens : « L'histoire est le roman qui a été ; le roman est l'histoire qui aurait pu être » ; et encore : « Le roman, c'est l'histoire de ceux qui n'en ont pas. » Mais, sans imagination ni intuition, ils n'ont voulu se fonder que sur l'observation et surtout sur le document (témoignages, correspondances, procès imprimés, « catacombes de l'état civil »), persuadés qu' « un temps dont on n'a pas un échantillon de robe et un menu de dîner, l'histoire ne le voit pas ». Finalement, leurs romans sont faits avec les commérages du fameux *Journal* qu'ils tiennent.

Il existe un curieux décalage entre les sujets traités et le style « artiste » (vocabulaire rare, imparfait abusif), les descriptions pointillistes, les notations de sensations épidermiques de ces collectionneurs assoiffés d'élégance XVIIIe siècle et japonaise. Après la mort de son frère Jules (en 1870), Edmond écrit encore l'histoire d'une prostituée folle et meurtrière (*La Fille Elisa*, 1877), d'un artiste de cirque (*Les Frères Zemganno*, 1878), mais il aboutit, avec *La Faustin* (1882) et *Chérie* (1884), histoires d'une comédienne et d'une jeune fille du monde névrosées, au « roman réaliste de l'élégance ».

Un nom domine cette période post-romantique et réaliste, celui de Gustave Flaubert.

Chapitre VI

FLAUBERT

Flaubert (Gustave, 1821-1880) fait ses premières armes dans le roman à dix-sept ans avec les *Mémoires d'un fou* (publiés seulement en 1900-1901). Ce sont les mémoires d'un adolescent rêveur, werthérien, qui rencontre sur une plage picarde, à seize ans, une femme à qui il a tout juste le temps de dire quelques mots et qu'il ne reverra jamais. Roman autobiographique (comme il arrive souvent pour un premier roman) qui fait revivre la rencontre que le jeune Flaubert fit à Trouville d'Elisa Schlesinger, la femme de l'éditeur de musique, qui sera son « unique passion » ; livre brumeux, intime, lyrique, violent et amer ; le futur romancier amateur des tout premiers impressionnistes s'y révèle dans de jolies *marines* et *portraits de baigneuses*.

Novembre, fragments de style quelconque (écrit en 1841-1842, publié en 1910), fut connu et admiré de ses amis écrivains rouennais.

Dans ce roman-confession, un homme revoit par un jour d'automne sa vie perdue, ses souvenirs d'adolescent affolé par l'idée du mystère féminin, ayant soif de toutes les formes de vie et surtout d'idéal et d'inconnu, comme un frère de René. Mais l'excès des désirs le détruit. Il est aimé d'une femme que la même soif de voluptés a jetée dans la prostitution et qui lui fait le récit de sa vie : renversant les rôles, le jeune homme chaste désire la débauche, et la courtisane aspire à un véritable amour ; mais tous deux se rencontrent dans le rêve d'un Orient de pacotille que Flaubert — pour l'avoir fait lui aussi — prêtera à Emma Bovary.

En 1845, Flaubert achève une *Education sentimentale* qui est tout autre chose qu'une ébauche du futur grand roman connu sous ce titre. On y sent l'influence du *Wilhelm Meister* de Gœthe qui venait d'être intégralement traduit en français en 1843 ; cette première *Education sentimentale*, roman d'apprentissage, retrace deux éducations de la sensibilité chez deux amis de collège, qui partent dans la vie avec tous les poncifs du romantisme des années 1840. L'un vient faire son droit à Paris, il est aimé de son hôtesse et s'enfuit avec elle au Nouveau Monde, où leur amour s'use dans les petitesses de l'habitude. L'autre, moins favorisé, reste en province, est trompé dans son amour idéal pour une comédienne, et malheureux dans ses essais littéraires. Mais, conclusion de ce roman, qui rappelle les *moralités* ou, plus modernes, les *proverbes* : le séduisant Parisien, instruit de la vie amoureuse et sociale, s'insère parfaitement dans la capitale, mais n'obéit plus qu'à un opportunisme de blasé et restreint son goût aux admirations reçues ; cependant que Jules, le provincial humilié, qui n'a vécu que par l'imagination et les livres, a élargi son goût et son idéal jusqu'à une sorte de sentiment panthéistique, à une contemplation de l'univers qui lui donne finalement le bonheur et semble devoir faire de lui un grand artiste. Cette œuvre commence assez mal avec toutes les faiblesses d'un « roman gai » (personnages grotesques, repas et bal ridicules), mais se termine par un large exposé sur le style, l'histoire, la littérature, le roman historique, la société, le bonheur, le génie, et par un double portrait contrasté qui ne manque pas de puissance.

En 1845, à Gênes, Flaubert admire *Les Tentations de saint Antoine ermite* de Peter Breughel, et il songe tout de suite à écrire, sous un titre approchant, une œuvre qui s'inspirera à la fois d'un spectacle de marionnettes rouennais et des grands ouvrages qu'il admire, et qui sont consacrés à de grands réprouvés, le *Faust* de Gœthe, le *Caïn* de Byron et l'*Ahasvérus* de Quinet. Une première version de la *Tentation* est achevée en 1849.

La voix d'une sorte de narrateur présente et met en scène l'ermite en proie à ses hallucinations et dialoguant avec ses successifs tentateurs : démon, allégories des vices, hérésiarques innombrables du IVe siècle, fausses prophétesses, reine de Saba et la belle Hélène de Troie, d'autres encore.

De très beaux tableaux d'Alexandrie et de Byzance servent de toile de fond à ce *poème dramatique*, si l'on peut ainsi nommer une œuvre inclassable, où l'on décèle un premier essai (avant *Bouvard et Pécuchet* par exemple) pour faire éclater le genre romanesque en une immense fresque qui englobe tout le champ de l'univers et du temps, la vie et le rêve, l'histoire et le surnaturel. A la *Tentation* convient déjà ce nom de « roman métaphysique et à apparitions » que Flaubert, dix ans plus tard, donnera à un autre roman qu'il projette, et dont le titre évoque un symbole ballanchiste et romantique, *La Spirale*.

Flaubert lut *La Tentation* à ses amis Louis Bouilhet et Maxime du Camp qui le dissuadèrent de la publier. Mais Flaubert ne cessera d'y songer, il en écrivit une seconde version en 1856, puis une troisième qu'il publia enfin en 1875 et qui eut du succès : ce récit inspiré par Breughel inspira à son tour de grands artistes, Gustave Moreau et Odilon Redon.

Madame Bovary. — C'est aussi à la sévérité et au conseil des premiers auditeurs de *La Tentation de saint Antoine* que l'on doit le premier grand roman de Flaubert :

« Il faut choisir, lui avaient-ils dit, un sujet où le lyrisme serait si ridicule que tu seras forcé de te surveiller et d'y renoncer. Prends un sujet terre à terre, un de ces incidents dont la vie bourgeoise est pleine... et astreins-toi à le traiter sur un ton nature, presque familier. »

Flaubert s'exécuta la mort dans l'âme, et c'est bien à son profond lyrisme, à son romantisme qu'il tord le cou, en écrivant l'histoire d'une petite-bourgeoise normande qui n'a pas dépassé Rouen, et à qui des lectures romanesques et romantiques ont rendu insupportable une vie sociale et sentimentale étriquée, et qui se suicide. Une très réelle Delphine Delamare, épouse adultère d'un officier de santé de Ry, et qui finit par s'empoisonner en avalant de l'arsenic, fournit au romancier le modèle de l'héroïne romanesque, à laquelle Flaubert rêve pendant tout son voyage en Orient (1850-1851) et qui, au pied de la deuxième cataracte du Nil, reçoit le nom, destiné à la célébrité, de Mme Bovary.

A lire le roman, c'est le mari, Charles Bovary, que l'on connaît d'abord ; collégien peu doué, étudiant quelconque, puis officier de santé dans le village de Tostes, une fois veuf, il recherche en mariage la fille d'un gros fermier élevée au couvent, et qu'il aime. Le mariage célébré, toute la lumière se porte sur la romanesque Emma, qui, à Yonville où s'est installé le ménage, croit avoir rencontré l'amour rêvé dans les bras du séducteur Rodolphe, puis, abandonnée par son amant, devient la maîtresse du clerc de notaire Léon. L'un et l'autre se montrent finalement indignes d'elle et la laissent en proie aux usuriers chez qui l'ont jetée ses désordres. Perdue, sans espoir, elle prend de l'arsenic et Charles la suit de près dans la mort, achevé qu'il est par la découverte posthume des infidélités de sa femme. Dans cette chute de la maison Bovary, un notable de Yonville joue un grand rôle, l'odieux pharmacien Homais, type du bourgeois Louis-Philippart, important, phraseur, croyant au Progrès et à tous les poncifs, un type que Flaubert exècre.

Le roman profite d'une très importante documentation, tant en topographie qu'en médecine (avant d'écrire l'opération que Bovary fait subir à l'infirme Hippolyte, Flaubert lit le *Traitement pratique du pied-bot*, et c'est *L'Officine ou répertoire général de la pharmacie pratique* qui lui permet de camper

Homais dans sa pharmacie) ; il propose de véritables Scènes de la vie de campagne (la noce, les comices, l'enterrement) ou de province (la soirée à l'Opéra de Rouen). Le romancier s'y révèle un peintre attentif aux éclairages comme aux lignes (par exemple dans la célèbre vue de Rouen). Son sens du comique y paraît dans telle scène des Comices, où l'on passe des phrases du discours officiel aux propos galants de Rodolphe, jusqu'à ce que, par une sorte d'accélération, discours de distribution des prix et conversation amoureuse se mêlent et se répondent comme en une sorte de stichomythie ou de chant amébée. Car le ridicule est partout dans ce monde de province, dont le romancier reproduit les propos stupides dans un style indirect qui conserve les termes, l'accent et le rythme de la parole directe.

Le romancier et son personnage. — Ridicule aussi l'héroïne, pour qui le bonheur et les grands sentiments sont fonction du décor, des accessoires et des chiffons. Il n'empêche que le romancier, qui, dans sa soif déjà baudelairienne de « n'importe quoi hors du monde », faisait dire à la Chimère de la *Tentation de saint Antoine* : « Je cherche des parfums nouveaux, des fleurs plus larges, des plaisirs inéprouvés », s'identifie à sa triste héroïne inassouvie rêvant de splendeurs orientales et d'une volupté sans fin. On connaît le fameux : « Madame Bovary, c'est moi, d'après moi » ; Flaubert s'est si bien identifié à elle qu'il a avoué qu'en écrivant la promenade d'Emma et de Rodolphe, il était « les chevaux, les feuilles, le vent, les paroles qu'on se disait et le soleil rouge qui faisait s'entrefermer leurs paupières noyées d'amour », qu'en décrivant la mort d'Emma, il sentait dans la bouche le goût de l'arsenic ; en somme, comme l'a bien vu Baudelaire, Flaubert s'est identifié à Mme Bovary au point d'en faire un personnage masculin.

Son roman valut à Flaubert un procès resté célèbre pour « offense à la morale publique et à la morale religieuse ». Etaient incriminées l'immoralité et l'irréligion d'une héroïne suicidaire et — bien que Flaubert l'ait supprimé dans l'édition préoriginale de la *Revue de Paris* — certaine scène de fiacre fantastiquement emporté pendant un après-midi entier à travers Rouen, et où s'aiment pour la première fois Emma et Léon. Le bruit du procès fit la célébrité du roman, et l'on sait que Mme Bovary devait être pendant un siècle la patronne des provinciales romanesques et inassouvies, et enrichir le dictionnaire et la psychologie du mot *bovarysme*.

Salammbô. — Tout de suite après *Madame Bovary*, Flaubert qui, en Orient, avait rêvé d'écrire, sous le titre *Anubis*, le roman de « la femme qui veut se faire aimer d'un Dieu » s'attelle à *Salammbô* (1862). Entre-temps, le romancier était allé voir les lieux dans lesquels se situe l'action du roman.

Chez les mercenaires de tous pays levés par Carthage lors de la première guerre punique, et qui n'ont pas été payés, gronde la révolte. Lors du festin donné dans les jardins d'Hamilcar, par quoi débute le roman, l'un de ces mercenaires, le Libyen Matho, est enflammé par la vue de Salammbô, fille du chef carthaginois et prêtresse de Tanit. Pour s'assurer la puissance sur elle en même temps que sur Carthage, il s'empare, avec l'appui du Grec Spendius, du voile de la déesse, et devient le chef de l'armée rebelle. Salammbô ira le lui reprendre dans sa tente, et Hamilcar, revenu de Sicile, écrasera, au terme d'une longue lutte, les Barbares jusqu'au dernier, Matho, qui périt supplicié devant Salammbô célébrant en un festin ses noces avec le Numide Nar'Havas. Salammbô, pour avoir touché au voile de Tanit — mais surtout parce qu'elle n'a pu rester indifférente à l'amour fou du Libyen — tombe morte en même temps que Matho.

Le succès du livre fut immédiat et immense (2 000 exemplaires vendus en deux jours), mais il déchaîna aussi de fortes critiques. On fut choqué par cette Antiquité barbare sans héritage spirituel, par des scènes répétées de batailles, de massacres, de tortures, de sacrifices d'enfants ; et il est vrai qu'on ne peut guère se laisser toucher par une humanité cruelle qui, du propre aveu de l'auteur, parvenait à peine à l' « émotionner » lui-même. On vit aussi dans *Salammbô* une reconstitution de l'histoire faite à coups de documentation, « de l'imagination faite avec des notes », comme l'écrivirent les Goncourt. Le livre est né d'une curiosité récente pour l'archéologie, curiosité qui, deux ans plus tôt, avait produit *Le Roman de la momie* de Gautier. Les lectures préparatoires de Flaubert sont énormes : historiens anciens, manuels modernes, encore que le romancier ait dit n'avoir « voulu faire qu'une archéologie probable », ajoutant : « Je me moque de l'archéologie. » En fait reparaît dans *Salammbô* le Flaubert de *La Tentation de saint Antoine* : un esprit curieux des babels de peuples et de religions, des vieilles théogonies et des syncrétismes. « L'âme de l'histoire, explique l'auteur, c'est Moloch, le Feu, la Foudre. » La lutte de Tanit et de Moloch est celle de la lune et du soleil, du principe féminin et du principe masculin (Matho étant lui aussi le soleil, et Salammbô la lune). Epris de rêve, Flaubert a voulu « se décrasser des Temps modernes ». S'opposant au Chateaubriand des *Martyrs* qui créait des « héros typiques », Flaubert a voulu « fixer un mirage », mais « en appliquant à l'Antiquité les procédés du roman moderne ». Cette dernière formule invite à juger d'après le réalisme de *Madame Bovary* un roman avant tout *poétique* où se mêlent l'ode, l'idylle et le poème en prose, un roman cosmique et, jusque dans sa brutalité, mystique. Ainsi le comprirent les artistes qu'influença le personnage de Salammbô, Villiers de L'Isle-Adam, le Huysmans d'*A rebours*, le peintre Gustave Moreau. La critique moderne a cru pouvoir lire dans ce roman antique une réflexion sur les capacités de régénération qu'offrirait à une époque de décadence l'intervention des *barbares*.

L'Education sentimentale. — En 1862, Flaubert commence un « roman parisien moderne » qui portera presque le même titre que le roman de 1845 : *L'Education sentimentale, histoire d'un jeune homme*, après avoir failli s'intituler *Madame Moreau* (du nom de l'héroïne) et *Les Fruits secs* (titre qui faisait écho à celui de Maxime du Camp, paru trois ans plus tôt, *Les Forces perdues*). Roman parisien, *L'Education sentimentale* aurait mis en scène (suivant un projet primitif) « la Bourgeoise et la Lorette, avec tous les personnages secondaires de chacun de ces deux mondes et, comme lien, le mari et l'amant trempant dans les deux sociétés ». Roman autobiographique, *L'Education* est l'histoire d'un ménage à trois acceptant lâchement la situation et qui s'inspire (les notes préparatoires sont formelles) des Schlesinger et de Flaubert. Des influences littéraires ont légèrement infléchi le projet autobiographique et réaliste : celles de deux romans de l'amour platonique : *Volupté*, *Le Lys dans la vallée*. Celle aussi du *Wilhelm Meister* de Gœthe, dont la lecture frappa vivement Flaubert, et qui lui révélait le *Bildungroman* ou roman d'apprentissage.

Vers 1840, Frédéric Moreau, frais émoulu du collège, rencontre, sur le bateau qui le ramène pour les vacances chez sa mère, à Nogent-sur-Seine, Mme Arnoux. C'est l'illumination. Devenu étudiant à Paris, Frédéric fréquente le ménage Arnoux.

Cependant, avec son inséparable Deslauriers, camarade de collège, il rêve le succès (en littérature ? en peinture ? en politique ? peu importe). Deslauriers, lui, a choisi : juriste, il sera journaliste, homme politique. Un coquet héritage et l'amour simultané de trois femmes (outre celui de Mme Arnoux) ouvrent à Frédéric bien des carrières possibles : épouser les millions de la petite Louise Roque de Nogent ; ou ceux de la très parisienne Mme Dambreuse, veuve d'un banquier ; ou partager avec Arnoux (ce qu'il fait d'ailleurs) les faveurs de la courtisane Rosanette. La maladie d'un enfant, puis un départ en province empêchent Frédéric de donner un dénouement à sa chaste idylle avec Mme Arnoux. Deslauriers lui « souffle » Louise. Ces divers échecs sentimentaux correspondent dans le temps à la prise de pouvoir du 2 décembre 1851. Vingt ans se passent dont on ne nous dit rien. Frédéric a fait comme son créateur le voyage d'Orient. Il achève sa vie en petit-bourgeois oisif. Mme Arnoux a reparu... mais avec des cheveux gris ! Et pour les deux pitoyables camarades de collège, que leur rivalité n'a pu séparer et que réunit leur commun ratage, le meilleur souvenir, désiroire, reste l'échec, à seize ans, de leurs premières amours tarifées !

Roman d'apprentissage sentimental, *L'Education sentimentale* est tout autant un roman d'apprentissage politique. Les désillusions politiques doublent en somme les désillusions sentimentales, l'échec venant en partie dans les deux domaines d'un même idéalisme sans prise sur la réalité. Vaste fresque sociale et politique, *L'Education sentimentale* englobe quelque dix ans, c'est-à-dire les prodromes de la Révolution de 1848 et ses conséquences immédiates. Les événements historiques cités y établissent une approximative chronologie pour l'époque antérieure à la Révolution : mariages espagnols, affaire Pritchard, procès Lafarge, publication d'un ouvrage de Guizot, changements de ministères, projet Human, scandales, émeutes et fusillades, banquets réformistes, fluctuations boursières. Les dernières pages de la deuxième partie du roman et le premier chapitre de la troisième partie ont pour décor historique l'intervalle entre le 23 février 1848 et le mois de juin, qui clôt en la réprimant la Révolution. On assiste dans les quatre chapitres suivants à la préparation de décembre 1851.

Flaubert a rencontré avec *L'Education sentimentale* les exigences et les problèmes du roman historique. Il lui fallait « emboîter ses personnages dans les événements politiques de 1848 » et il craignit un moment que « les fonds ne dévorent les premiers plans ». Il a réussi à éviter cet écueil, non pas en dressant devant les personnages historiques des personnages romanesques qui aient autant de personnalité et de vie, mais en ne nous permettant pas de voir l'histoire autrement que par les yeux de Frédéric, éternel piéton de Paris, et de ses amis. Et c'est aussi dans les familiers de Frédéric que s'incarnent toutes les opinions politiques d'alors : banquiers ou journalistes opportunistes (M. Dambreuse, Deslauriers), républicain fanatique (Sénécal), bourgeois que la peur rend sans pitié (le père Roque), affairiste (Arnoux), républicain idéaliste et généreux (Dussardier), etc. Les milieux où le lecteur est introduit sont ceux que fréquente Frédéric : salon de banquier, demi-monde, boutiques, lieux de plaisirs, cafés, bals, restaurants. *L'Education sentimentale* est un grand roman de mœurs, l' « histoire morale des hommes de ma génération », a dit l'auteur, qui jette dans ses carnets d'esquisses ce sous-titre balzacien de *Mœurs parisiennes*.

Mais ce roman est surtout l'histoire d'un ratage pour tous les personnages, qui doivent abandonner une partie de leurs ambitions ou de leurs rêves ; et en particulier pour Frédéric Moreau. Gœthe, définissant le roman tel qu'il l'entendait, picaresque et d'apprentissage dans la suite des Espagnols et des Anglais, y voulait un héros « passif », à qui les hasards de la vie, au terme d'un long voyage, feraient enfin découvrir sa personnalité et sa voie (ainsi de Wilhelm Meister découvrant enfin sa vocation de chirurgien). Mais Frédéric, pur spectateur inactif, n'est qu'un velléitaire, qui ne cherche rien, n'essaie rien et ne trouve rien. Ce n'est pas même, comme l'Amaury de *Volupté*, par excès d'analyse qu'il manque sa vie. Son histoire apparaît donc finalement comme une dérision du roman d'apprentissage, puisqu'il ne débouche sur rien. Plus de héros, seulement des fantoches de futurs Bouvard et Pécuchet (hors Mme Arnoux et l'excellent Dussardier). Flaubert, lecteur admiratif de *Don Quichotte*, fait une fois de plus le procès des rêves et du romantisme, et se démarque à l'évidence de Balzac (et du « mythe de Fœdora ») en créant ce Rastignac raté, ce frère de Mme Bovary qui se résigne, lui, à la médiocrité. Reste le cadre vide de ce qu'Henry James appelle « une épopée du banal », où Flaubert montre une maîtrise du temps qu'admira Proust, ce temps qui délite l'individu. La grandeur de ce long roman si riche vient aussi de ses silences : « A mon avis, écrivait Proust, la chose la plus belle dans *L'Education sentimentale*, ce n'est pas la phrase, mais le blanc. »

Bouvard et Pécuchet. Du défaut de méthode dans les sciences fut commencé en même temps que *L'Education sentimentale* en 1862-1863, mais ne fut publié, dans son état d'inachèvement, qu'un an après la mort de Flaubert (1881). Ce roman — si l'on peut dire — a pour origine un texte de 1837, *Une leçon d'histoire naturelle*, étude sur les opinions et les habitudes d'un copiste.

Les deux héros grotesques de *Bouvard et Pécuchet*, retirés à la campagne, y entreprennent un travail d'études encyclopédiques et mettent tout de suite leur savoir en application, cela à leur grand dam, qu'il s'agisse d'agriculture, d'arboriculture, de chimie, de politique, de religion, de médecine ou de pédagogie. Ils aboutissent à la triste constatation qu'il est impossible, dans le flot des théories, de trouver la vérité. Leur bonne volonté et leur naïveté de Candides donnent le ton du conte philosophique à ce roman qui rappelle *La Tentation de saint Antoine*, car il propose une revue des idées — mais ici modernes — dans tous les domaines et toutes les sciences. Il rappelle aussi *L'Education sentimentale*, en tant que chronique des événements politiques (Révolution de 1848 aussi) tels qu'ils se répercutent dans un village de basse Normandie. Le roman devait se terminer par un énorme sottisier copié par les deux amis, et dont les fragments et le *Dictionnaire des idées reçues* donnent l'esprit et le ton.

Réaction contre le roman balzacien, le roman de Flaubert devient en quelque sorte la Bible des générations suivantes. Cent ans plus tard, toute une littérature et une critique qui privilégient « l'écriture » (structure et forme) revendiquent le Maître de Croisset comme un précurseur et un modèle.

Le « nouveau roman », partant d'une critique de Balzac, romancier « omniscient » (!) et créateur de héros, se recommande de Flaubert. Que Flaubert ait créé un roman nouveau vient à la fois de son tempérament et de ses déceptions autant que d'une doctrine. Romantique, et par jeunesse et par nature, il se châtre de rêveries et d'enthousiasmes, ou ridiculise ces fantômes dans des romans réalistes ; mais parallèlement, dans *La Tentation de saint Antoine* et dans *Salammbô*, il rend la bride aux fantasmes de l'imaginaire et de l'inconscient, aux curiosités du *barbare*, comme se définit lui-même ce Viking. Ces curiosités vont jusqu'à la complaisance pour les monstruosités du carnage et de la pourriture. 1848 et ses suites — dont il dit qu'ils laissèrent les survivants *idiots* — le laissèrent, lui, tout à fait amer et désenchanté : d'une part, plein de mépris pour la masse et pour la haine populaire, il remercie finalement Badinguet d'en avoir délivré le pays ; de l'autre, il hait le bourgeois triomphant, à genoux devant le progrès et l'argent, et dont la sottise l'a toujours fasciné. Edmond de Goncourt a dit de Flaubert : « C'est un homme qui a quelque chose de tué sous lui. » Son goût barbare de la destruction allié à ce que Sartre nomme sa « sombre passion du néant » lui font inaugurer cette littérature désenchantée qui caractérise le penchant du siècle.

La fin du héros. — Destruction initiale : celle du héros volontaire, énergique, lutteur, selon Stendhal et Balzac. Les personnages de Flaubert ne sont plus que le reflet de ce qu'ils ont lu ou vu, des « spectateurs » d'un monde réduit pour eux à n'être qu'une « représentation ».

La passivité et la nullité intellectuelle du personnage déterminent la forme même du roman ; elles expliquent la priorité donnée à la description sur le récit, au tableau sur la scène, aux impressions sur l'analyse. Une des structures caractéristiques de l'écriture flaubertienne est formée d'une description que suit l'énoncé de l'impression faite sur la sensibilité du spectateur. Flaubert a d'ailleurs innové dans la description, qui chez lui inclut souvent le mouvement avec ses déformations, que le spectacle soit vu d'une voiture, d'un bateau ou au fil d'une promenade, ou que les « choses vues » bougent elles-mêmes (chevaux de course dans *L'Education sentimentale*).

Un souci de peintre. — La description flaubertienne emprunte à la peinture impressionniste commençante ses notations fines de couleur, de luminosité, d'atmosphère (par ex. le premier portrait de Mme Arnoux sur fond de ciel bleu et de paysage parisien). En effet le souci majeur de Flaubert antiromantique et antibalzacien, qui refuse les ressources de l'intrigue et des grands caractères, est un souci de peintre. Il a voulu faire des romans d'une certaine couleur : grise dans *Madame Bovary* (« rendre un ton, cette couleur de moisissure de l'existence des cloportes », dit-il), pourpre dans *Salammbô*, grise encore dans *L'Education sentimentale*, de cette grisaille qui est la figure de la bêtise, de l'inaction et de l'ennui. Et, comme le peintre, Flaubert cherche un vernis, puis une patine qui, créant l'unité, fera du roman un « mur lisse ».

Il va de soi que pour un écrivain les effets du peintre doivent trouver des transpositions dans les ressources de la langue et du style. Flaubert est sans doute le premier romancier à donner au style une place primordiale. D'autres avant lui, Marivaux ou Stendhal, avaient eu la coquetterie de paraître refuser le travail du style, au nom du naturel et de la spontanéité. Flaubert, lui, n'a rien laissé ignorer des affres et des douloureux enfantements de la création littéraire, ce qui lui a valu, auprès d'une critique qui érige en valeur le *sérieux*, voire l'ennui, d'un travail qui ne se cache pas, une auréole de martyr des lettres.

Avec Flaubert la littérature tend à se replier sur elle-même. Non seulement à cause de ce souci tout formel, mais à cause de l'énorme documentation livresque, de la boulimie encyclopédique qui préside à l'élaboration de chaque œuvre, et des références plus ou moins explicites qui y sont faites (cela est surtout évident dans *La Tentation de saint Antoine*, livre fait de livres) aux ouvrages de la bibliothèque où se cloître moralement le romancier.

L'effet pictural que recherche Flaubert s'obtient par des moyens grammaticaux (Proust définit Flaubert « un génie grammatical »): monologue intérieur qui exprime le flux de conscience d'êtres passifs, style indirect, qui crée l'impression de lointain et de déconnexion, imparfait enfin, temps privilégié de la description, mais qui souvent, chez Flaubert, se substitue à un passé simple attendu. L'imparfait passera en héritage aux Goncourt, avant d'infecter la littérature fin de siècle, pour dire un monde vu comme sur un diorama, déshumanisé, incompréhensible, sans causalité, et indifférent au spectateur. Valéry — à travers M. Teste — voit dans cet imparfait « le temps de l'incohérence ».

Le souci de la couleur se double chez Flaubert d'un désir de rendre la phrase musicale. On sait comment l'écrivain travaillait, joignant la parole au geste d'écrire, en faisant passer la phrase « par le gueuloir ». La méthode aboutit à quelques belles réussites, en particulier dans *La Tentation de saint Antoine* (par ex. le chant de la Chimère, tant admiré de Huysmans), mais telle célèbre phrase, sourde et râpeuse, sur les jardins d'Hamilcar, donne l'impression que Flaubert était plus doué du côté de l'œil que de l'oreille. Peut-on indiquer une autre disgrâce de cette œuvre romanesque conçue douloureusement ? Alors que le grand écrivain a tant voulu donner l'impression de grisaille et de mur lisse, il est peu de romans français du XIXe siècle qui se prêtent mieux au découpage en *morceaux choisis* (1).

(1) Il va sans dire que Flaubert, ce martyr de la phrase, ne fut pas le plus connu ni reconnu des lecteurs d'un Second Empire qui réclamait en littérature de la facilité et de la morale. Contemporaine de *Madame Bovary*, la *Fanny* (1857) d'Ernest FEYDEAU, roman personnel, égala par le scandale d'un procès la notoriété de l'héroïne flaubertienne. Quant aux romanciers aimés et qu'on pouvait mettre entre toutes les mains, ils s'appelaient SANDEAU (voir p. 68) et Octave FEUILLET. Ce dernier, après avoir débuté par un feuilleton écrit en collaboration (*Le Grand vieillard*, 1845), fit une carrière de romancier moralisant et vaguement mondain (*Bellah*, 1855 ; *La petite comtesse*, 1856 ; *Le Roman d'un jeune homme pauvre*, 1857 ; *Monsieur de Camors*, 1867).

Chapitre VII

LE NATURALISME : ZOLA ET SES DISCIPLES

Emile Zola (1840-1902) débute par des contes (*Contes à Ninon*, 1864) ; son premier roman, *La Confession de Claude* (1865) est autobiographique, lyrique et déclamatoire. Les deux suivants, *Thérèse Raquin* et *Madeleine Férat*, histoires de brutes humaines, doivent quelque chose aux Goncourt, le second surtout qui se fonde sur un postulat médical. Mais, dès la vingtième année, s'était affirmée chez Zola une plus haute ambition, celle de composer, à la manière de Balzac, « des grandes machines », une fresque.

Il songea d'abord à un grand poème philosophique, *La Genèse*, en trois chants : la naissance du monde, l'humanité, l'homme et l'avenir. Ce rêve, il le réalisera dans le roman, par l'histoire, sinon de l'humanité, du moins d'une famille. En 1868-1869, il se plonge dans *La Philosophie des passions* du Dr Charles Letourneau, dans l'*Identité de l'état de rêve et de folie* du Dr Moreau de Tours, et surtout dans le *Traité philosophique et physiologique de l'hérédité naturelle* du Dr Prosper Lucas qui lui fournit le « fait générateur », le fil conducteur aussi, l'hypothèse génétique dont relèvera l'œuvre projetée.

Le premier plan remis à l'éditeur en 1869 prévoyait dix romans. La publication du premier, *La Fortune des Rougon-Macquart*, dans *Le Siècle*, fut interrompue par la guerre et la défaite de 1870, dénouement fatal de la catastrophique orgie de vingt ans, et qui en éclairait rétrospectivement les scandales et les fausses gloires.

Dès lors le roman militaire depuis longtemps projeté par l'auteur, et qui aurait eu pour sujet la guerre d'Italie, sera le roman de cette débâcle, où viendront s'échouer tous les destins, toute la démesure convulsive de tous les personnages à naître (hommes politiques, agioteurs, filles entretenues, etc.). Les appétits et le détraquement d'une famille se confondront avec ceux d'une génération, d'un règne dont Zola va évoquer toutes les grandes heures et les « menteuses apothéoses ».

En 1871 commence la publication en volumes des *Rougon-Macquart, Histoire naturelle et sociale d'une famille sous le Second Empire.* Cette publication, d'une belle régularité (un roman par an de 1871 à 1893, sauf en 1872, en 1881, année des ouvrages théoriques, et 1889), composera finalement un cycle de vingt volumes, où se succèdent, suivant une sorte de pulsation naturelle (mais aussi par la volonté de l'auteur), romans « forts » et romans « faibles », romans clos et romans ouverts (c'est-à-dire se raccordant plus nettement au plan d'ensemble).

L'histoire d'une famille. — A la famille des Rougon-Macquart le romancier donne, comme commune aïeule, une névrosée, la faible et bonne « tante Dide » : de son mariage avec un paysan provençal, puis de sa liaison avec un contrebandier, naissent les branches quasi ennemies des légitimes Rougon et des bâtards Macquart.

L'histoire de la famille commence — avec les indispensables *flash-back* — en décembre 1851, comme l'histoire de l'Empire, et comme elle dans le sang, par les répercussions du coup d'Etat sur la petite ville de Plassans (l'Aix-en-Provence où Zola passa sa jeunesse) ; la répression contre les républicains entraîne la mort de Silvère Mouret, petit-fils de Macquart, cependant qu'elle fait la fortune ignoble de la branche aînée. Rougon II y pêche une situation de notable, et ses fils, montés à Paris, s'élancent à la conquête, l'un de la fortune, l'autre du pouvoir : Auguste Rougon, devenu Aristide Saccard, s'enrichit dans les spéculations haussmanniennes (*La Curée*, 1872). Dans la vaste fresque intitulée *Le Ventre de Paris* (1873), les Halles se proposent comme le symbole et le temple d'une société dévoratrice où chacun ne songe, selon une expression chère à Zola, qu'à « s'emplir ». Y jouent un rôle deux descendants Macquart, Claude Lantier le peintre et la charcutière Mme Quenu. *La Conquête de Plassans* (1874) et *La Faute de l'abbé Mouret* (1875) content les intrigues d'un prêtre dévoré d'ambition, et les tentations d'un prêtre mystique (un Macquart). *Son Excellence Eugène Rougon* (1876) retrace la carrière houleuse d'un ministre de Napoléon III. *L'Assommoir* (1877), qui rendit Zola soudain célèbre, nous conduit, loin des Tuileries et du Palais-Bourbon, dans le quartier de la Goutte-d'Or, où la courageuse Gervaise, la blanchisseuse, une Macquart, succombe finalement à la misère et à l'alcoolisme. *Une Page d'amour* (1878), silencieux intermède sentimental d'une descendante Macquart-Mouret, offre pour la première fois au lecteur l'arbre généalogique de la famille. *Nana* (1879-1880) nous introduit, à la suite d'une fille de Gervaise, dans le monde de la prostitution la plus tapageuse, *Pot-Bouille* (1882) dans les hypocrites et criminelles horreurs d'une maison bourgeoise où le héros d'*Au Bonheur des dames* (1883), Octave Mouret, fait ses premières armes, avant de créer, sur les ruines du petit commerce, la terrible machine qu'est un grand magasin. Transplantée de Paris sur une sauvage côte normande, une orpheline courageuse (descendante des Macquart) essaie de convertir un triste cousin, disciple de Schopenhauer, à *La Joie de vivre* (1884). *Germinal* (1885) et *L'Œuvre* (1886) retracent les destins différemment misérables de deux frères Lantier, Etienne, le mineur, organisateur malheureux d'une grève, et Claude, le peintre presque génial et maudit, que la misère et le sentiment de l'échec mènent au suicide. *La Terre* (1887), c'est la Beauce où un frère de Gervaise, de soldat devenu paysan, découvre jusqu'à quelle criminelle sauvagerie pousse la passion de la terre. Par une sorte de gageure, l'année après, Zola donne en pendant à ce tableau brutal la poétique enluminure qu'est *Le Rêve*, histoire d'une Rougon qui a échappé aux mauvais instincts de sa race, Angélique, la brodeuse de chasubles. Un frère de Claude et d'Etienne Lantier, Jacques le cheminot, accomplit sa destinée de criminel dans le milieu du rail (*La Bête humaine*, 1890). Le Saccard de *La Curée*, ruiné, refait surface (*L'Argent*, 1891) dans la peau d'un banquier, dont l'affaire s'effondre soudain, entraînant misère et mort pour tous ceux qui ont cru en lui, et le Macquart de *La Terre* (1887) reparaît en soldat dans *La Débâcle* (1892), où la guerre civile fait de lui un meurtrier malgré lui.

Le dernier volume (*Le Docteur Pascal*, 1893), où la fameuse famille des Rougon-Macquart ne vit plus qu'une sorte d'allusive et posthume existence, laisse la parole et le mot de la fin au docteur Pascal (Rougon), « l'homme digne et équilibré de l'œuvre », un des rares membres de la famille qui ait échappé à l'hérédité. S'identifiant au romancier lui-même, il dessine définitivement, après 1870, le célèbre arbre généalogique ; il y trouve la preuve et la justification de sa théorie de l'hérédité : hérédité directe par élection du père ou de la mère, par soudure, fusion ou mélange équilibré ; hérédité indirecte, par influence et en retour. Il donne enfin le meilleur résumé que l'on puisse faire d'une tragédie familiale en dix-neuf actes, et qui met en scène cinq générations. Ce résumé est bien utile pour que l'œuvre entier s'impose au lecteur comme une saga, et déterminée par des dosages héréditaires. Que la théorie d'un *patrimoine génétique*, comme on dit aujourd'hui, fasse partie de la mentalité bourgeoise du temps, et que, dans la formulation de Zola, elle soit fausse, le romancier le reconnaîtrait volontiers : elle est pour lui un fil directeur. Mais ce parti pris aveuglément suivi (et cette gratuité) nous gêne un peu ; on voit toute la différence avec un Balzac ne concevant qu'une fois l'œuvre presque terminée les justifications que lui fournissent les idées de Geoffroy Saint-Hilaire.

La peinture d'une société. — Par bonheur, la façon diverse qu'ils ont de vivre leur héréditaire névrose (pugnacité ou faiblesse, fortune ou misère) a l'avantage de diversifier à l'extrême les destins des membres d'une même famille, les jetant dans des milieux qui n'ont aucun rapport entre eux. La cohésion de la tribu (heureusement reconstituée dans l'arbre du Dr Pascal) s'en ressent, mais le lecteur y gagne, qui pénètre ainsi dans tous les milieux d'une société fortement contrastée. Ces milieux, où la névrose originelle se différencie, l'emportent parfois en *présence* sur les héros mêmes.

Pour Zola quatre *mondes* : peuple (ouvriers, militaires), commerçants, bourgeoisie, grand monde (politique surtout) ; plus un monde à part (putains, meurtriers, prêtres, artistes). Ce classement, qui n'est pas sans surprendre, ne rend pas compte des romans qui nous font pénétrer dans le monde des domestiques ou des paysans ; il ne dit pas les mondes jusqu'alors ignorés de la littérature que Zola y a introduits : ceux de la mine ou du rail.

Cette société est celle du Second Empire ; mais Zola, comme Balzac, a souvent contaminé deux époques ces vingt ans de règne et les deux premières décennies de la Troisième République : le krach qui ruine Saccard s'inspire de celui de l'Union générale (1882), la grève de *Germinal*, de celle d'Anzin (1884). La peinture d'une époque donnée se subordonne à celle, plus large, des milieux, et profite de la curiosité que Zola manifeste pour l'actualité, dont il pense que le romancier doit se faire l'historien. Hanté par Balzac, Zola lui a aussi emprunté, outre une distinction des mondes et des métiers, la distribution tacite de son œuvre en scènes : scènes intimes de la vie privée *(Une Page d'amour)*, de la vie de province *(La Fortune des Rougon-Macquart* ou *La Conquête de Plassans)*, de la vie parisienne *(Pot-Bouille, La Curée)*, de la vie politique *(Son Excellence Eugène Rougon)*, de la vie militaire *(La Débâcle)* et de la campagne *(La Terre)*. Toutefois il a tenu à se distinguer de son grand devancier : « Ne pas faire comme Balzac. S'attacher moins aux personnages qu'aux groupes, qu'aux milieux sociaux. » Dans ce projet se lit l'influence de Taine qui lui a appris — avec l'importance du tempérament — celle du temps et du milieu : « En résolvant, écrit Zola, la double question des tempéraments et des milieux, il est possible de trouver le fil conducteur qui conduit mathématiquement d'un homme à un autre homme » (Préface des *Rougon-Macquart*).

« Les bonshommes physiologiques ». — Zola tient l'homme pour « un simple résultat » et le personnage de roman pour « un produit de l'air et du sol, comme la plante ». D'où l'importance donnée aux diverses origines provinciales, de même qu'à l'origine bourgeoise ou paysanne : « Etudier l'homme tel qu'il est, non plus leur pantin métaphysique », dit l'écrivain Sandoz (anagramme approximatif de Zola) dans *L'Œuvre*, « mais l'homme physiologique, déterminé par le milieu agissant sur le jeu de tous les organes ». Chez les « bonshommes physiologiques » de Sandoz-Zola, c'est le système nerveux qui tiendra lieu en général de ce qu'on nommait naguère conscience ou âme. A ce compte, les individualités se trouvent souvent sacrifiées au milieu ; les personnages ne sont que « le beau commis », « la belle blonde grasse », « le gros homme », « le méridional » ou « le picard », « le paysan » ou « le lettré ». Pas de caractères, mais « l'artiste », « le fonctionnaire », « le spéculateur », « le prêtre ». Au pseudo-pantin métaphysique succèdent de terribles pantins physiologiques mus par des instincts et des appétits de brutes, êtres obscurs à eux-mêmes, humanité de primates auxquels leur époque fournit de surcroît l'hystérie que le Dr Charcot, à la Salpêtrière, offre à la curiosité du névropathe Zola. Le romancier crée une jungle où *les gros mangent les maigres*, un chaos où tout *se débande* (ce sont là des mots obsessionnels chez Zola). Au-dessus de cette lutte entre individus, celle où s'affrontent les grandes forces : le Travail et le Capital, par exemple, dans *Germinal*.

La Théorie du roman naturaliste. — De 1871 à 1880, Zola a déjà exposé dans divers journaux sa conception du naturalisme (le mot est de Taine), dont il est le chef de file. Il n'interrompt la publication des *Rougon-Macquart* que pour en faire la théorie (*Le Roman expérimental*, 1880 ; *Le Naturalisme au théâtre*, *Nos auteurs dramatiques*, *Les Romanciers naturalistes* et *Documents littéraires*, 1881). C'est d'après Claude Bernard (*Introduction à la méthode expérimentale*, 1865) qu'il conçoit le romancier sur le modèle de l'homme de science. La science, enquête et conquête progressive de la vérité, lui fournit une méthode et une morale. Comme l'homme de science, le romancier sera impersonnel : « Je veux dire que le romancier n'est qu'un greffier qui se défend de juger et de conclure », car « l'intervention passionnée ou attendrie de l'écrivain rapetisse le roman ». On arrivera ainsi à des romans où, selon le mot de Taine, « le cordon ombilical est coupé ». La non-intervention ira de pair avec l'expérimentation : faire varier le milieu qui influe sur les personnages, et, par la méthode des variations concomitantes, constater celles que subit le tempérament. Est-il besoin de souligner combien cette expérimentation (que réalise aujourd'hui le psychologue ou le sociologue) mérite peu ce nom, s'agissant du travail du romancier ?

Une théorie amendée par un tempérament. — Par bonheur, l'œuvre fait éclater le projet. La nature expansive du romancier, son imagination, corrigent ce que ses théories auraient de simpliste et de raide. Parmi les brutes sourient des êtres touchants (féminins en général, devant lesquels on sent fondre la fameuse impersonnalité de l'auteur, Gervaise, par ex.) ; à côté des débauches et des crimes, il y a place pour des amours enfantines et pures. Les requins eux-mêmes, comme Octave Mouret, ou Saccard, dont Zola fait le « poète de l'argent », ont de subtiles délicatesses et de la grandeur. Cette sympathie met de la vie dans l'énorme masse de documents d'où part l'écrivain-greffier : lettres, journaux, témoignages divers, ouvrages théoriques et historiques, documentation sur les lieux, qui conduit Zola, raffinant sur Flaubert, à monter sur une locomotive ou à descendre au fond de la mine.

Zola a mis dans ses romans son amour du mouvement, du remue-ménage, qu'il s'agisse de *débandade*, de *débâcle*, de destruction, ou de vie. Sa volonté de puissance agit comme faisait chez Balzac l'énergie. Son « gras optimisme » (comme dit Barbey d'Aurevilly) l'emporte sur la tendance névrotique du temps, et, conforté par les gros tirages, le rend indulgent aux vices et aux crimes, où il voit le fumier d'où naîtra la vie. Les horreurs de *La Terre* et de *L'Argent* trouvent leur justification dans la foi au Progrès, dans l'exaltation de l'action (« la joie est dans l'action »), dans une sorte de messianisme qui est celui du Renan de *L'Avenir de la Science* (1890). L'auteur de tant de romans qui se terminent par des départs et des morts voit dans son époque d'injustice « un immense chantier », dans les pires bouleversements sociaux ou cosmiques des aurores où se renouvelle la vie. Il chante « la vaste nature éternellement en création, la vie enfin, la vie totale, universelle, qui va d'un bout de l'animalité à l'autre, sans haut ni bas, sans beauté ni laideur... ».

Les « fortifiantes brutalités de la vérité » (Zola, *Mes Haines*) se justifient chez lui par la recherche d'une vérité universelle. Cela ne va pas sans quelque naïveté et simplisme, mais l'accent est prométhéen, romantique, « hugolique », comme disent ses adversaires. Ce bâtisseur possède la puissance qui, selon lui, avec l'originalité, fait le grand artiste. Tout chez lui devient machine énorme, ronflante, qu'il s'agisse des halles. d'un grand magasin ou du Palais-Bourbon ; de maison, de locomotive ou de mine ; et les machines se transforment en d'énormes monstres avaleurs. Les choses acquièrent la présence obsédante et symbolique de certains personnages. Tout grandit, grossit, tend au mythe. Le froid et scientifique déterminisme initial se hausse à la grandeur d'un Destin. Le réalisme fait place à l'hallucination romanesque, le roman à l'épopée, voire à la tragédie. Le romancier devient le poète du Désir *(Le Ventre de Paris, La Terre)* et surtout de l'énorme activité moderne, un hymne à la Vie, qui est pour lui l'unique manifestation divine : « La vie, c'est Dieu, le grand moteur, l'âme de l'univers. »

Le style. — Zola, qui se veut « juge d'instruction de la nature » et dont l'œuvre se présente comme « le procès-verbal d'une expérience », un « document humain », a cru (comme Taine, et après lui) trouver chez Stendhal son idéal de style : Stendhal voulait qu'il fût « comme un vernis transparent » ; « un simple verre à vitre », traduit Zola.

Mais le rapprochement entre les deux romanciers ne viendra à l'esprit d'aucun lecteur. Le refus du style qui, là, était désir de transparence, se fait ici simple négligence. A son maître Flaubert Zola abandonne la gloire d'être le martyr du style. Mais il lui emprunte l'abondance des descriptions, qu'exige sa conception des milieux : la description est « un état du milieu qui détermine et complète l'homme ». Chez Zola les descriptions s'allongent, véritables inventaires, itinéraires, plans et panoramas, introduits sans grand raffinement, par soudaine immobilisation, sur quelque lieu qui fasse observatoire, d'un personnage élevé pour les besoins de la cause à la fonction de spectateur privilégié ; ce dernier profite de l'ample documentation, plus ou moins digeste, qu'a accumulée le romancier. Cependant qu'à travers ce spectateur s'expriment ensuite (selon une structure que nous avons rencontrée chez Flaubert aussi) des impressions, souvent d'un lyrisme assez flou.

Zola procède aussi volontiers par scènes représentant les grandes heures de la vie privée, professionnelle ou sociale : accouchement, baptême, noce, enterrement ; fenaison, moisson, vendange ; séance du conseil municipal, fête foraine *(La Terre)* ; noce, enterrement ; vernissage, partie de campagne, etc. *(L'Œuvre)*. Ou par scènes opposées et parallèles : vêlage, accouchement *(La Terre)*. Un « gros » élan, une dynamique constamment exprimée dans le vocabulaire n'arrivent pas toujours à entraîner le récit qui, à coups de *mais* abusifs, avance ainsi par juxtaposition. Un certain découpage, des contrastes appuyés, des clichés et un ton populaire rappellent certaines facilités aguicheuses du roman-feuilleton. Intrigues et dialogues sentent souvent le procédé, les « ficelles », une certaine maladresse. Mais son expérience de critique pictural, sa fréquentation des peintres inspirent au romancier de magnifiques natures mortes, qui rendent la présence et souvent l'infinie tristesse des choses, et d'extraordinaires tableaux de Paris, de la Beauce, des Ardennes, des paysages aux grands ciels impressionnistes, où la saison et l'heure introduisent leurs variations de lumière.

Naguère encore, pour se laisser prendre par la puissante et riche fresque des *Rougon-Macquart*, par la grandeur de ces tragédies de la misère, il était préférable de ne pas trop songer aux grands confrères que Zola rêva de dépasser : Balzac, dans

L'Argent et *La Terre* ; Dostoïevski, dans *La Bête humaine* ; Flaubert et Tolstoï, dans *La Débâcle*. Notre époque — c'est le privilège bien connu des romanciers — est peut-être en train de donner vérité à la psychologie indigente et truquée de Zola, en réalisant son humanité pétrie d'instincts violents et de névrose.

Les disciples. — Autour d'un Zola puissant et « bon homme », comme dit Huysmans, hospitalier aussi, se forme un groupe dont l'acte de naissance est aux yeux du public, en 1879, le recueil de nouvelles à programme (sujet commun : la défaite de 1870) que sont *Les Soirées de Médan* ; ce groupe semble devoir souscrire au manifeste naturaliste. Certains resteront dans l'orbite du maître : Henri Céard, auteur d'*Une belle journée* (1881) ; Paul Alexis, auteur d'*Un amour platonique* (1886) et de *Mademoiselle Meuriot* (1891). Ce ne sont pas les plus originaux. D'autres, en reniant Zola et ses grossièretés, resteront fidèles aux sujets naturalistes : Lucien Descaves qui peint la vie des humbles dans *Le Calvaire d'Héloïse Pajadou* (1882) et *Les Emmurés* (1894), celle des deuxième classe dans *La Caserne, Misère du sabre* (1887), et *Sous-Offs* (1889), qui fut poursuivi pour outrage à l'armée ; Paul Bonnetain, auteur d'une étude de mœurs osée, *Charlot s'amuse* (1882) ; Gustave Guiches (*Céleste Prudhomat*, 1886) ; Léon Hennique (*La Dévouée*, 1878 ; *Les Héros modernes*, 1878-1883 ; *Elisabeth Couronneau*, roman historique, 1897) ; Rosny (Joseph-Henri), dit Rosny aîné, qui écrivit avec son frère, Séraphin-Justin, dit Rosny le Jeune, *Nell Horn* (1886), puis produisit seul, avant 1900, *Le Termite, roman de mœurs littéraires* (1890) et le roman fantastique *Les Xipéhus* (1887) ; Paul Margueritte enfin qui publia seul *Pascal Géfosse* (1887), *Jours d'épreuves* (1889), *La Force des choses* (1891), avant de composer, à la manière des Goncourt et des Rosny (comme plus tard des Tharaud) un tandem avec son frère Victor dans *Une époque*, série de quatre romans sur la guerre de 1870 (1898-1904).

A l'étranger, l'œuvre de Zola suscite le roman naturaliste belge de Camille Lemonnier (*Happe-chair*, 1886, *Madame Lupar*, 1888, *Les Concubins*, 1886) et le roman « vériste » de l'Italien Giovani Varga (1840-1922), auteur des *Malavoglia* (1881), de *Maître Don Gesualdo* (1889), deux premiers volets d'un cycle prévu *Les Vaincus* qui n'aboutit pas. En France, les disciples les plus doués s'éloigneront de plus en plus du Maître, en découvrant leur propre originalité.

Chapitre VIII

FIN DE SIÈCLE

Maupassant. — Guy de Maupassant (1850-1893) débute aux côtés de Zola : sa nouvelle *Boule de Suif* l'emporte en talent sur les autres contributions aux *Soirées de Médan.* Mais ce Rouennais, à qui Flaubert a très tôt prodigué ses conseils paternels, procède plus de Flaubert que de Zola. Outre des contes et nouvelles auxquels Maupassant doit une célébrité — d'ailleurs plus grande, jusqu'à une date récente, outre-Atlantique et en Europe qu'en France — il a écrit six romans :

Une Vie (1883), histoire d'une femme mariée à une brute de mari et qui trouve une rivale dans sa propre domestique ; *Bel-Ami* (terminé en octobre 1884) narre l'irrésistible ascension du beau George Duroy, dit Bel-Ami, qui « arrive » par les femmes à se hisser dans le grand journalisme et la haute spéculation. Etude de mœurs parfaitement documentée d'une société faisandée, *Bel-Ami* se présente aussi (et là le romancier Maupassant utilise le Maupassant journaliste du *Gaulois*) comme une chronique de la vie politique dans les années 1881-1884 (changements de ministères, campagnes coloniales, krachs financiers) dans un Paris en proie au triple agiotage de la banque, du parlementarisme et du journalisme associés dans de louches trafics. *Mont-Oriol* (1887), toujours aux écoutes de l'actualité, raconte la création par un affairiste d'une ville d'eaux. *Pierre et Jean* (1888) traite un sujet qui obsède aussi le nouvelliste, celui de l'adultère et de l'enfant illégitime. Un testament qui enrichit Pierre révèle à Jean la faute de sa mère et fait naître en lui une terrible jalousie qui, avec la misère, l'exile finalement de sa famille et de son pays. *Fort comme la mort* (1889) : un sculpteur célèbre déjà âgé s'enflamme d'un violent amour pour la fille de sa maîtresse et en meurt. *Notre cœur* (1890), roman mondain, a pour héroïne « la femme sans cœur » version fin de siècle.

La préface de *Pierre et Jean* situe Maupassant à la fois par rapport au naturalisme, en reconnaissant la possibilité d'un roman sans intrigue et en déclarant que « les grands artistes », loin d'être les photographes de la réalité, « imposent à l'humanité leur illusion particulière » ; et par rapport aux Goncourt et à leurs disciples, en récusant « les écrivains maniérés », l'écriture artiste et la recherche à tout prix du néologisme.

Huysmans. — Joris-Karl Huysmans (1848-1907) commence sa carrière d'écrivain par un recueil de poèmes en prose *Le Drageoir aux épices* (1873). En 1877, il fait acte d'allégeance au naturalisme en prenant la défense de *L'Assommoir* attaqué. Ses premiers romans sont franchement d'inspiration naturaliste.

Marthe, histoire d'une fille narre la carrière sordide et douloureuse d'un personnage alors très à la mode en littérature, la prostituée ; *Les Sœurs Vatard* (1876), celle d'une ouvrière brocheuse et de sa sœur, maîtresse du peintre Cyprien Tibaille, que l'on retrouve dans *En ménage* (1881), roman dont le personnage central, un homme mal marié, puis séparé de sa femme, tombe dans les problèmes ménagers et les « folies juponnières » ; tous ennuis qui tortureront encore plus douloureusement le malheureux « employé » célibataire d'*A vau l'eau* (1882), en qui Huysmans a projeté beaucoup de ses soucis (le célibataire mal armé pour la vie est presque un type romanesque à la fin du XIXe siècle) et de sa propre inquiétude.

Or c'est Huysmans qui, changeant brusquement de front, porte le premier coup à un naturalisme qui lui paraît s'essouffler, avec *A rebours* (1884). Cet ouvrage rompt à la fois avec les personnages et les milieux naturalistes ; il a pour héros un aristocrate névrosé et raffiné, des Esseintes, dont l'âme compliquée et décadente a de surcroît soif d'infini. *A rebours* rompt même avec le genre roman, car il ne comporte ni intrigue, amoureuse ou autre, ni dialogue.

L'unique personnage s'est retiré dans une solitude et y a composé un décor tout artificiel, une bibliothèque et un musée rare propres à exciter et nourrir sa seule imagination. Souvenirs revécus, rêves et cauchemars constituent en somme le tout de l'intrigue et s'y distribuent en chapitres qui constituent autant de poèmes en prose ; les énumérations de livres, de tableaux, de fleurs ou de parfums font de ce livre un énorme inventaire, une multiplication de catalogues et de traités, une « somme ». Huysmans y met à profit une connaissance de la peinture qu'il a montrée dans ses *Salons* (de 1879 à 1883), où il fait l'éloge des impressionnistes alors inconnus ou contestés. Dans *A rebours*, il « lance » le peintre visionnaire Gustave Moreau et les grands poètes symbolistes, Verlaine et Mallarmé. *En rade* (1887) renoue avec le cadre sordide et les tableaux hardis chers au naturalisme (contemporain de *La Terre*, le roman contient, comme celui de Zola, un audacieux récit de vêlage), mais vaut surtout par des « récits de rêves », dans l'esprit du symbolisme, et même surréalistes avant la lettre.

Les autres romans de Huysmans — si l'on peut donner ce nom à des récits dépourvus d'intrigue, composites, et où l'autobiographie est à peine transposée — racontent une conversion au catholicisme (celle de l'auteur) qui passe par l'expérience sulfureuse du satanisme (*Là-Bas*, 1891), la découverte de Dieu (*En route*, 1895) et celle des splendeurs de l'architecture et de la liturgie chrétiennes et de leur symbolisme (*La Cathédrale*, 1898), itinéraire que complétera en 1903 *L'Oblat*. Tout en gardant l'acquis du naturalisme et un goût personnel pour l'horrible, mais attiré par les raffinements de l'art, Huysmans découvre dans l'art du peintre Grunenwald (l'auteur du retable d'Issenheim, le peintre du mal des Ardents) l'idée originale et la technique qui concilient ses aspirations dans une sorte de supranaturalisme ou naturalisme spiritualiste. Héritier des Goncourt, moderniste aussi, mais plus incisif qu'eux, Huysmans aime la phrase disloquée, le verbe convulsif, le néologisme, l'adjectif nerveux, coloré, rare.

Ces caractères d'un style recherché mais fulgurant et parfois cynique se trouvent aussi chez deux écrivains avec lesquels Huysmans fut très lié, Villiers de l'Isle-Adam et Bloy, tous deux également marqués par des aspirations spiritualistes et doués d'un tempérament de polémistes.

Philippe-Auguste-Mathias de Villiers de l'Isle-Adam (1838-1889) est surtout connu par ses *Contes cruels* (1886), *Nouveaux contes cruels*, *Histoires insolites* (1888) et le long récit de *Claire Lenoir* (1867, mais publié en volume en 1887), pour lequel il invente le personnage ridicule et affreux de Tribulat Bonhomet, nouveau Homais, un tenant du positif, du progrès et de l'incroyance. Mais Villiers a aussi écrit deux romans : *Isis* (1862), roman philosophique, témoigne de son penchant pour l'hégélianisme, et aussi pour l'occultisme ; et *L'Eve future* (1880-1886), récit fantastique dans la ligne de *La Peau de chagrin* mais aussi roman d'anticipation qui met en scène le très réel Edison, l'inventeur du phonographe. Pour prouver la supériorité de l'artificiel sur une nature qui a fait son temps (on retrouve la même idée que dans *A rebours*), le savant américain construit de toutes pièces une femme-robot, mais qui se révèle mille fois plus belle, intelligente, aimable et vivante que la créature vulgaire précédemment aimée de son ami lord Ewald.

Léon Bloy (1846-1917), d'abord secrétaire et ami de Barbey d'Aurevilly, catholique passionné et militant, se déchaîne comme Villiers, avec la même ironie et avec un rare talent polémique, contre le rationalisme et l'athéisme des bourgeois « tueurs de cygnes ». *Le Désespéré* (1886), roman quasi autobiographique de la pauvreté, comme *Une Femme pauvre* (1897) mettent en scène sous des noms transparents amis et ennemis, dispensent abondamment l'anathème, avec une passion, une verve, une invention et une richesse de vocabulaire et d'images éblouissantes.

L'école de l'instantanéité. — Au point de vue du style, les Goncourt ont été à l'origine d'une école de l'instantané, de la sensation, de la description pointilliste. Vallès disait : « Le temps de la philosophasserie est passé. Celui de photographier est venu. » Appartiennent à cette école, qui ne se confondit pas véritablement avec un groupe, et qui ne promulgua pas de manifeste, Daudet, Vallès, Renard, Loti et Mirbeau.

Alphonse Daudet (1840-1897) conte avec émotion et humour son enfance triste dans *Le Petit Chose* (1868), puis dans *Jack* (1876), transpose dans *Le Nabab* ses souvenirs sur le ministre Morny dont il fut le secrétaire, ceux de la guerre de 1870 dans *Robert Helmont* (1874) ; il invente le personnage du Méridional plein de faconde et de vitalité, Tartarin, héros des *Aventures prodigieuses de Tartarin de Tarascon* (1872) et de *Tartarin sur les Alpes* (1885). Citons encore parmi une production abondante, où l'on admire surtout un sens de l'anecdote et de l'humour, et un appel à la sensibilité du lecteur, *Fromont jeune et Risler aîné* (1876), *Les Rois en exil* (1879), *Numa Roumestan* (1880), *Sapho* (1884) et *L'Immortel* (1888).

Jules Vallès (1833-1885), après une activité de journaliste et d'homme politique pendant la Commune, écrivit dans son exil de Londres, sous le titre général de *Jacques Vingtras*, une amère trilogie autobiographique dont il veut faire sa « comédie humaine », *L'Enfant* (1879), *Le Bachelier* (1881), *L'Insurgé* (1886), d'un style admirablement serré et aigu.

Jules Renard (1864-1910) apporte sa brillante contribution au genre nouveau des souvenirs d'enfance malheureuse avec le célèbre *Poil de carotte* (1894). Ses trois autres romans sont *Les Cloportes* (1889), *L'Ecornifleur* (1894), qui raconte les méfaits d'un parasite, et *La Maîtresse* (1896). Il charme par une ironie dans le récit et le dialogue, par un style pittoresque et aussi aigu que son regard.

Pierre Loti (Julien Viaud, pseud.), 1850-1923, officier de marine, a mis dans ses romans son expérience du voyage qui, d'escale en escale, le mène de l'Istanbul d'*Aziadé* (1879) au Tahiti du *Mariage de Loti* (1880), au Japon de *Madame Chrysanthème* (1888). Citons aussi, dans sa production d'avant 1900, *Le Roman d'un spahi* (1881), *Mon frère Yves* (1883), *Pêcheur d'Islande* (1886), *Matelot* (1893), *Ramuntcho* (1897), et une autobiographie, *Le Roman d'un enfant* (1890). Toute l'œuvre est d'ailleurs autobiographie plus ou moins transposée ; si l'affabulation, les personnages, les intrigues sentimentales ont un peu vieilli, les descriptions harmonieuses de la mer et du désert restent admirables.

Octave Mirbeau (1850-1917), très âpre et violent, anticlérical et misogyne, d'une indéniable puissance de style, a écrit *Le Calvaire* (1886), *L'Abbé Jules* (1888), *Sébastien Roch* (1890), *Le Jardin des*

Supplices (1899) (dont le titre n'est pas métaphorique !) et *Le Journal d'une femme de chambre* (1900).

La fin du naturalisme. — Le manifeste naturaliste de Zola précède de peu les premiers brûlots lancés contre son école : les *Essais de psychologie contemporaine* de Bourget (commencés en 1883) et les *Nouveaux essais* (1885), *A rebours* (voir p. 102-103), *Le Roman naturaliste* de Brunetière et le *Manifeste des Cinq* (cinq disciples de Zola, Lucien Descaves Paul Margueritte, Paul Bonnetain, Gustave Guiches et J.-H. Rosny) qui s'élèvent contre la « littérature putride » que représente pour eux *La Terre* (1887).

Barbey d'Aurevilly avait déjà dénoncé les « photographes sans âme et sans idées », Huysmans avait parlé d' « art industriel », Bloy de « littérature fangeuse ». Le roman de Zola, qui confond le réel avec le visible, apparaît comme un succédané du réalisme vrai de Flaubert. C'est sans doute J.-K. Huysmans qui, en 1903, dans la préface à une réédition d'*A rebours*, analyse le plus clairement les raisons d'un échec, en montrant que le naturalisme ne possédant ni l'idée de la déchéance, ni celle de la rédemption, n'avait rien d'autre à dire que les entorses au sixième commandement.

Une cause importante de la désaffection pour le naturalisme et de la naissance d'une littérature toute nouvelle à partir de 1884 environ : la redécouverte du roman de Stendhal. Sans doute, dès 1861, Taine, dans son roman resté inachevé, *Etienne Mayran*, avouait déjà avoir copié Stendhal, et définissait le roman « une psychologie vivante » et l'homme « un théorème qui marche ». Mais c'est la publication en 1880 des écrits intimes de Stendhal qui incline les romanciers vers l'étude égotiste de soi. Ajoutons que la traduction de *Crime et châtiment* de Dostoïevski en 1884, l'ouvrage de Melchior de Voguë en 1886 sur la littérature russe, puis la découverte de certains auteurs anglais ou scandinaves ramènent l'attention du public et des romanciers sur l'existence et les exigences de l'âme. La naissance d'une nouvelle génération, qui se définit par des aspirations autant que par une autre conception du genre romanesque, se confond en somme avec la publication d'*A rebours* qui deviendra pour les jeunes auteurs une Bible, comme l'avait été pour la génération de Huysmans *L'Education sentimentale.*

Deux ouvrages enregistrent presque en même temps cette fin et ce renouveau : *Les Romanciers d'aujourd'hui* de Charles Le Goffic (1890) et l'*Enquête sur l'évolution littéraire* (1891) du journaliste Jules Huret, qui fut publiée dans *L'Echo de Paris*, puis en volume. Les interviews dont se compose cette enquête enregistrent la fin du naturalisme, malgré le fameux télégramme-réponse du fidèle Alexis : « Naturalisme pas mort. Lettre suit. » Les deux ouvrages établissent un classement des diverses tendances nouvelles. Ils reconnaissent d'abord l'existence des *psychologues.*

Les psychologues : Bourget, France, Barrès. — Paul Bourget (1852-1935) distingue des romanciers peintres de mœurs les romanciers peintres de caractères (Balzac, Stendhal, George Eliot, Tolstoï) et se range personnellement parmi ces derniers. Il réintroduit dans le roman la psychologie.

Snob, attiré par la *high life*, il situe généralement dans la haute bourgeoisie et le grand monde des intrigues sentimentales. Les plus célèbres de ses œuvres antérieures à 1900 sont *Cruelle énigme* (1885), *Un crime d'amour* (1886), *Le Disciple* (1889) qui marque le passage du roman proprement psychologique au roman à thèse, et *Cosmopolis* (1893).

Anatole France (François-Anatole Thibaud, pseud.), 1844-1924, a, selon Barrès, sauvé la langue au temps du réalisme. Assez étranger aux recherches littéraires de son temps, A. France, moraliste de tempérament et doué d'humour, ne se rattache à aucun mouvement.

Son premier roman, *Le Crime de Sylvestre Bonnard* (1881), conte la touchante histoire d'un vieux bibliophile célibataire dont s'émeut la fibre paternelle. Avec *Le Livre de mon ami* (1885) et *Pierre Nozière* (1899), France enrichit la littérature des souvenirs d'enfance. Il apporte sa contribution au roman historique antique avec *Thaïs* (1889), histoire d'une courtisane égyptienne du IVe siècle qui se convertit et d'un moine qui se damne ; au roman sentimental, avec *Le Lys rouge* (1894), intrigue amoureuse dans le décor précieux de Florence. *La Rôtisserie de la reine Pédauque* (1893) et *Les Opinions de Jérôme Coignard* (1893) n'ont de commun avec le genre romanesque qu'une trame, très lâche, et sont prétexte à d'aimables considérations empreintes de scepticisme.

De 1897 à 1901 paraissent les quatre volumes de *L'Histoire contemporaine*, le chef-d'œuvre d'A. France, où évoluent, autour du disert M. Bergeret, professeur de littérature latine, les sommités plus ou moins ridicules d'une ville de province au temps de l'Affaire Dreyfus. *Les Opinions de Jérôme Coignard* influeront sur le premier roman de P.-J. Toulet, *Monsieur du Paur, homme public* (1898).

Maurice Barrès (1862-1923) reconnaît ses grands aînés dans Bourget et France, encore qu'il soit tout à fait leur contemporain. Il est l'un des premiers à se révolter contre la conception naturaliste et à redécouvrir Stendhal, à imiter son égotisme, sa chasse au bonheur et sa technique romanesque. Il veut faire succéder au roman historique, au roman de mœurs parisiennes, « le roman métaphysique », ce qui le ramène au genre des « mémoires spirituels » du début du siècle.

Le Culte du moi lui inspire une trilogie (qui portera ce titre) : *Sous l'œil des Barbares* (1888), *Un Homme libre* (1889), qu'il définit comme un « traité de la gymnastique du moi », *Le Jardin de Bérénice* (1891), un « traité », dit-il, « pour concilier les nécessités de la vie intérieure avec les obligations de la vie active » ; œuvres auxquelles viendra s'ajouter en 1893 *L'En-*

nemi des lois. Mais, à travers une recherche de la sensation multipliée, Barrès poursuit une discipline et une raison de vivre plus hautes, une filiation et un déterminisme qui lui permettent de retrouver le sens social. Il les rencontre dans « sa terre et ses morts ». Le second Barrès recrée alors sa Lorraine intérieure dans une grande fresque dont l'arbitraire d'un éditeur fit une trilogie : *Les Déracinés* (1897), chronique des années d'apprentissage d'une jeunesse désemparée par la défaite de 1870 ; *L'Appel au soldat* (1900), ou l'aventure boulangiste vécue par les jeunes Lorrains des *Déracinés.* Le troisième volet, *Leurs figures*, ne paraîtra qu'en 1902.

Le roman symboliste. — Les enquêtes de Le Goffic et de Huret enregistrent aussi la naissance d'un roman symboliste représenté par Paul Adam (1862-1920) qui, après avoir donné au naturalisme *Chair molle* (1885), écrit le symboliste *Soi* (1886) et *Les Demoiselles Goubert* (1886). Les autres romans de cet écrivain abondant seront avant 1900 d'inspiration politique (*Le Mystère des foules*, 1895) et même barrésienne (*Les Cœurs nouveaux*, 1896). Il commence en 1899 le cycle épique *Le Temps et la vie.* Edouard Dujardin (1861-1949) crée dans *Les Lauriers sont coupés* (1888) le *monologue intérieur*, dont l'idée lui est suggérée par son collègue de *la Revue wagnérienne*, Téodor de Wyzewa, le traducteur de Tolstoï. Symboliste aussi le roman du poète belge Georges Rodenbach (1855-1898), *Bruges-la-Morte* (1892), qui parut d'abord dans *le Figaro* et obtint un grand succès. Citons encore le Genevois Edouard Rod, qui voulut créer l' « intuitivisme », et Jules Lemaitre, bien oublié comme romancier, qui songeait à un roman philosophique et social.

Décadence et mondanités. — Le symbolisme se confond souvent avec le *décadentisme* et ses raffinements tapissiers et mondains. Renouant avec la littérature du début du siècle, les romanciers des deux dernières décennies tendent à faire prévaloir l'opinion qu'

« il doit y avoir plus de luttes et d'intéressants débats dans l'âme d'une impératrice détrônée qui a connu toutes les gloires et toutes les ruines que dans l'âme d'une femme de ménage dont le mari rentre habituellement ivre et la bat ou dans celle d'un Sioux attaché au poteau de guerre » (Barrès) ; que « l'homme du monde est aussi intéressant que le mineur » (J. Renard) ; que « les passions d'une femme du monde sont aussi intéressantes et fécondes en observations que celles des laveuses de vaisselle et des filles » (A. France, qui ajoute que, vers 1890, les lectrices de romans sont « livrées au vertige bleu » ; elles imposent leur goût à la littérature romanesque, très dépendante aussi de puissants salons académiques).

Symboliste et raffiné, Remy de Gourmont (1858-1915) donne en 1890 *Sixtine*. Jean Lorrain (Paul Duval, pseud.), 1855-1906, dandy extravagant, évoque dans *Monsieur de Bougrelon* (1897), *La Dame turque* (1898), d'un style artificiel très fin de siècle, un monde également décadent et pourri.

Abel Hermant (1862-1950) peint aussi avec brio et réalisme la haute société cosmopolite (*Les Transatlantiques*, 1897). Marcel Prévost (1862-1941) écrit *La Confession d'un amant* (1891), publie *Lettres de femmes* (1891-1897) et *Les Demi-vierges* (1894), qui fait scandale. Gyp (Sybille de Mirabeau, comtesse de Martel de Janville, dite), 1850-1932, auteur de très nombreux romans de 1882 à sa mort, propose la peinture d'une jeunesse aristocratique très libre (*Le Mariage de Chiffon*, 1894). Sa rivale en succès, Rachilde (Marguerite Eymery, dite), 1860-1953, s'intéresse au bizarre dans *Monsieur Vénus* (1880) et *Les Hors-Nature* (1897).

Les Mages. — Nous avons vu les romanciers tourner le dos aux réalités triviales et leur préférer l'artificiel. Cette tendance est confortée par les recherches des peintres esthètes et préraphaélites anglais, par le mouvement Arts and Crafts, l'Art Nouveau, et surtout par les folies décoratrices du protecteur de Wagner, le prince fou Louis de Bavière (roi de 1864 à 1886), dont la rapide légende inspire au poète symboliste Catulle Mendès son *Roi vierge* (1881) et à Elémir Bourges son *Crépuscule des dieux* (1882).

Le symbolisme et le mysticisme se retrouvent aussi chez plusieurs romanciers que Huret nomme *les Mages*, catholiques comme Jules Bois, ou nettement moins orthodoxes comme Péladan (Joseph, dit Joséphin, dit Mérodack Sâr), 1859-1918, pour qui le seul sujet en art est un héros, Œdipe, Orphée ou Hamlet « aux prises avec une énigme morale ou sociale ». *L'Amour suprême* (1884) raconte l'amour criminel d'une grande dame italienne perverse pour un moine ; comme l'*Isis* de Villiers de l'Isle-Adam (mais avec moins de génie !), ce roman utilise les ressources bien connues du roman noir et le personnage obligé du redresseur de torts. Les deux courants, le mystique et le sensuel, se rejoignent souvent dans cette littérature, par exemple dans *Païenne* (1883), le roman par lettres provocant de Mme Adam (Juliette Lamber).

Le roman de mœurs continue sa carrière, explorant systématiquement les diverses conditions.

Il y a un roman des mœurs militaires, *Le nommé Perreux* (1888) de Bonnetain, *Le Cavalier Miserey* (1887) d'Abel Hermant, *Les Sous-offs* (1889) de Lucien Descaves (1) ; un roman des mœurs cléricales, rose ou noir : *L'Abbé Constantin* (1882) de Ludovic Halévy, *L'Abbé Tigrane* (1873) et *L'Abbé Roitelet* (1890) de Ferdinand Fabre, *L'Abbé Jules* (1888) et *Sébastien Roch* (1890) d'Octave Mirbeau ; un roman des mœurs littéraires : *Le Désespéré* (1886) de Bloy, *Le Termite* (1890) de Rosny aîné, *L'Astre noir* (1893) et *Les Kamtchatka* (roman à clés) de Léon Daudet. Le roman poursuit aussi son exploration du monde géographique. Pierre Maël (pseud. de Charles Causse et Cl. Vincent) continue le roman maritime créé par E. Sue : *L'Alcyone, roman de mœurs maritimes* et *Flot et Jusant* (1889), *Une Française au pôle Nord* (1893). Louis Noir et Gustave Aymard promènent leur lecteur l'un du Zambèze *(Les Diamants roses)* au Colorado *(Les Rubis du Colorado)*, l'autre du Michigan *(Les Forestiers du Michigan)* à l'Arizona *(Les Bandits de l'Arizona)*.

(1) Les sketches du génial Courteline (*Les Gaîtés de l'Escadron*, 1886, etc.), peintre aussi des mœurs administratives (*Messieurs les Ronds-de-cuir*, 1893), etc., sont non des romans, mais, selon le mot de l'auteur, des *Tableaux-romans*, souvent portés à la scène, tels *Boubouroche* (1893).

Le roman criminel. — Sur les ruines du roman-feuilleton naît aussi un genre qui est appelé à un bel avenir, le roman policier qu'on nomme alors *criminel.*

On peut en faire remonter l'origine aux romans noirs d'Horace Walpole et d'Anne Radcliffe, au *Caleb Williams* (1794) de William Godwin ou au *Frankenstein* (1818) de sa fille Mary Shelley, et aux œuvres de leurs imitateurs français. Mais ce sont les transformations sociales et économiques (développement, à partir de 1815, de la police et de la contre-police, essor des grandes villes-jungles et des chemins de fer) qui favorisent la naissance du roman criminel. Il participe du roman populaire frénétique, utilisant les mêmes décors, s'inspirant également des faits divers et privilégiant les héros énergiques au moment où la « grande » littérature s'en détourne. Vidocq (*Mémoires*, 1823) fournit une méthode empirique (déguisements, indicateurs, aveux forcés), et Edgar Poe la rigueur d'une méthode déductive (*Double assassinat dans la rue Morgue*, 1841).

Balzac, pionnier en tout, a écrit avec *Une ténébreuse affaire* (1841) le premier roman policier. Mais on considère généralement Emile Gaboriau (1832-1873) comme le père de la littérature détective ; il invente le fameux policier M. Lecocq, ancêtre de Sherlock Holmès. Son titre le plus célèbre : *L'Affaire Lerouge* (1868). Ponson du Terrail (Pierre-Alexis, 1829-1871) crée en 1857 le fameux Rocambole.
Pendant que les romanciers symbolistes, esthètes, décadents ou mystiques se cantonnent dans la description des mondanités parisiennes, d'autres s'inspirent des campagnes de leur enfance, ou proposent à la jeunesse l'évasion par la science, le voyage, l'aventure.

Le roman rustique et régionaliste. — Après la Normandie de Barbey d'Aurevilly et le Berry de George Sand, c'est au tour des Cévennes de trouver leur romancier en Ferdinand Fabre (1827-1898), l'auteur de *L'Abbé Tigrane* (1873), qui entend poursuivre *La Comédie humaine* par des scènes de la vie rustique.

Il va de la pastorale lyrique (*Les Courbezon*, 1862) au roman réaliste (*Le Chevrier*, 1867).

Plus modestement Emile Souvestre (1806-1850) avait parlé de la Bretagne dans *Les Derniers Bretons*, *Pierre et Jean*, *Le Foyer breton*. Paul Arène, ami des félibriges et de Daudet, s'inspire de sa Provence (*La Chèvre d'or*, 1888). L'Alsace était déjà entrée brillamment dans la littérature avec Erckmann-Chatrian (nom collectif de Emile Erckmann, 1822-1899, et Alexandre Chatrian, 1826-1890), auteurs de romans hoffmanniens (*L'Illustre Dr Mathéus*, *Le Bourgmestre en bouteille*), de romans plus près du réel (*L'Ami Fritz*, 1864) et de romans historiques ou « nationaux », *Histoire d'un conscrit de 1813* (1864), *L'Invasion*, *La Guerre* (1866), *Le Blocus* (1867), excellents récits de la Première République et de l'Empire. Servie par moins de talents, la Lorraine paraît dans les romans sentimentaux d'André Theuriet (*Mademoiselle Guignon*, 1874 ; *Le Fils Maugars*, 1879 ; *Sauvageonne*, 1881, etc.), la Flandre avec *Les Kermesses* et *Feuilles de Malines* de Georges Eckhoud, la Creuse avec Sandeau. Léon Cladel, après des débuts parisiens, redécouvre la beauté de son Quercy natal et compose un roman pastoral, lyrique et mystique, *Le Bouscassié* (1869), et une épopée champêtre aux couleurs antiques, *Ompdrailles* (1879). Le Quercy inspire aussi Emile Pouvillon (*Cézette, histoire d'une paysanne*, 1881, *L'Innocent*, 1884). Avec le Périgourdin Eugène Le Roy (1836-1907), la littérature régionaliste se fait sociale (*Le Moulin du Frau*, 1895 ; *Jacquou le Croquant*, 1899). Citons pour mémoire, en cette dernière année du siècle, le roman d'un auteur qui avait déjà parlé de la Bretagne et du Nivernais, *La Terre qui meurt* de René Bazin.

La littérature pour la jeunesse. — Le début du XIXe siècle avait eu ses romancières pour demoiselles, Mme Cottin et Mme de Genlis (à la fin du siècle Zénaïde Fleuriot et ses émules travailleront pour ces mêmes lectrices). Louis Desnoyers, journaliste libéral, avait donné à la littérature enfantine un classique, *Les Aventures de Jean-Paul Choppart* (1837). Deux condisciples de l'Ecole normale supérieure, Edmond About (1828-1885) et Alfred Assolant (1827-1886), ont écrit des romans qui, sans être particulièrement destinés à la jeunesse, ont fini par lui appartenir. Le premier, auteur abondant, et spirituel dans la lignée de Mérimée, est surtout connu par *Le Roi des montagnes* (1857), *L'Homme à l'oreille cassée* (1862), *Le Roman d'un brave homme* (1880). Du second, auteur de nombreux romans de mœurs, on connaît surtout un roman historique plein d'humour, *Les Aventures merveilleuses mais authentiques du capitaine Corcoran* (1867), édité dans la Bibliothèque rose illustrée.

Les éditeurs ne commencent vraiment à s'intéresser au public jeune qu'au moment où les romanciers eux-mêmes font de l'enfant qu'ils ont été un héros de roman. Charpentier devient célèbre par ses deux sortes de couvertures de romans à 3,50 F, jaune pour les adultes, rose pour les enfants ; Colin, par sa Bibliothèque des romans pour jeunes filles ; Hachette par sa Bibliothèque d'écoles et des familles, et surtout par sa Bibliothèque verte et sa fameuse Bibliothèque rose illustrée qui, de 1858 à 1870, publie la comtesse de Ségur, née Rostopchine. Mais c'est surtout Hetzel qui travaille pour la jeunesse, faisant connaître en France Dickens et la romancière américaine Louisa May Alcott (auteur de la saga familiale *Les Quatre filles du docteur March*, 1868), enrichissant lui-même la littérature enfantine de l'*Histoire d'un âne et de deux jeunes filles*, 1878, et de *Maroussia* (adapté de la romancière ukrainienne Marko Vovtchok) en 1895 ; regroupant enfin autour du « Magasin d'éducation et de récréation » un grand nombre d'écrivains de talent : Erckmann et Chatrian (voir p. 114), Jules Sandeau (*La Roche aux mouettes*, 1878), Hector Malot (*Sans famille*, 1878 ; *Romain Kalbris*, 1869). L'initiative d'Hetzel obtient un tel retentissement qu'il se voit proposer des ouvrages pour la jeunesse — conversion inattendue ! — par Léopold von Sacher-Masoch. C'est le « Magasin d'éducation et de récréation » qui publia le romancier pour les jeunes dont la postérité a surtout retenu le nom, Jules Verne.

Jules Verne (1828-1905) est doué d'une vive imagination que vient étayer une immense documentation. *Cinq semaines en ballon* (1863), premier volume de ses *Voyages extraordinaires*, le rend tout à coup célèbre, que suivent le *Voyage autour de la Terre* (1864), *De la Terre à la Lune* (1865), *Vingt* *mille lieues sous les mers* (1870), *Autour de la lune* (1870), *L'Ile mystérieuse* (1874), et des romans sans anticipation mais fort dépaysants, *Le Tour du monde en quatre-vingts jours* (1873) et *Michel Strogoff* (1876). J. Verne a créé le « roman de la science », où les ressources de l'intelligence humaine remplacent les prestiges du merveilleux traditionnel destiné aux enfants. Ami de Nadar l'inventeur, du chimiste Marcelin Berthelot et d'autres savants, il a prévu, entre autres inventions, l'autochenille, l'hélicoptère et le radar. Sa popularité fut inimaginable. Juste retour des choses : alors que le XXᵉ siècle a eu tendance à abandonner à l'enfance presque tous les grands romanciers français, anglais et américains du XIXᵉ siècle (Sand, Hugo, Daudet, Gautier, Dumas, Loti, France, W. Scott et F. Cooper, etc.), les dernières décennies, à la faveur d'une récente résurrection de J. Verne, sont en train de le reprendre à la jeunesse, de collectionner les vieilles éditions illustrées, d'exalter la portée symbolique, mythique et psychanalytique de son œuvre.

Les Cinq sous de Lavarède (1894) de Paul d'Ivoi (pseud. de Philippe Deleute, 1856-1915), roman d'aventures, reprendra à peu près le sujet du *Tour du monde en quatre-vingts jours*.

Le roman d'anticipation a en quelque sorte pris le relais du roman utopique (*La Découverte australe* de Restif de La Bretonne à la fin du XVIIIᵉ siècle ou le *Voyage en Icarie* d'Etienne Cabet, 1842). Scientifique aussi, mais explorant le temps dans la direction inverse, Rosny aîné lance le roman préhistorique avec *Vamireh*, 1892 (avant *La Guerre du feu*, 1911, plus connue). L'astronome vulgarisateur Camille Flammarion colonise au profit du roman l'espace interstellaire dans *Uranie* (1889).

CONCLUSION

EXISTE-T-IL EN 1899 UNE CRISE DU ROMAN ?

On le voit, le roman français aux approches de 1900 semble se bien porter, en France comme à l'étranger : en Angleterre, à partir de 1896, les œuvres de Mérimée, Dumas, Sue sont offertes en « digests » aux lecteurs pour le prix d'un penny, par la Penny Library of Famous Books de George Newne. En France, la demande est toujours aussi grande du côté des liseurs de romans. S'il en était besoin, la fondation de l'Académie Goncourt en 1897 témoignerait de la pérennité d'un genre dont elle va contribuer à assurer l'avenir : le prix de 5 000 F qu'instituait le testament d'Edmond de Goncourt est en effet destiné à récompenser une œuvre « d'imagination, exclusivement en prose, publiée dans l'année » (le prix sera décerné pour la première fois, en 1903, sous la présidence de J.-K. Huysmans, à *Force ennemie* de l'obscur J.-A. Nau, mais il le sera ensuite à des romans qui ont souvent fait date).

Néanmoins la « crise du roman », comme on dit aujourd'hui, est officiellement enregistrée par l'enquête de Jules Huret. Vers 1890, les romanciers et les critiques, moins heureux que les lecteurs, ne savent plus ce qu'il faut appeler *roman*. Il est vrai qu'une littérature industrielle comme celle d'un

Georges Ohnet (*Serge Panine*, 1881 ; *Le Maître de forges*, 1882 ; *La Grande Marnière*, 1885, etc.) d'un fond et d'un style déplorables, « la littérature des *ohnêtes* gens », selon un mot connu, contribue à discréditer le genre. Alors que dans la préface de *Germinie Lacerteux* (1865) les Goncourt proclamaient le roman « la grande forme sérieuse, passionnée, vivante de l'étude littéraire et de l'enquête sociale », Edmond, le survivant, est l'un des premiers, après 1880, à renier la forme romanesque. Reniement auquel fera écho le mot célèbre de Paul Valéry s'étonnant qu'on puisse encore écrire : « La marquise sortit à cinq heures » ; et les attaques d'André Breton, reconnaissant comme un pionnier, dans la lutte contre un genre, l'auteur d'*A rebours*. C'est dans la foulée d'*A rebours* précisément qu'André Gide publie en 1891, sous le titre *Les Cahiers d'André Walter*, le journal intime d'un « rare Intellectuel » (comme dit Valéry) que, seul parmi les critiques, Bourget nomme *roman*. « L'introspection y révèle, écrit Marcel Schwob, cette terrible maladie de la volonté par laquelle passent les jeunes gens de la seconde moitié du siècle » (rejoignant ainsi les jeunes gens de l'époque romantique). Du même Gide *Le Voyage d'Urien* (1892), pour narrer une fabuleuse Odyssée rêvée, allégorie d'un itinéraire spirituel initiatique — de l'ardent espoir à la résignation de la mort, en passant par les émerveillements, les tentations et l'ennui — adopte la forme narrative et descriptive du poème en prose. Dans *Paludes* (1895), « satire » et, avant *Les Faux monnayeurs*, humoristique journal d'un livre en train de se faire, l'auteur dit que ses « principes esthétiques s'opposent à concevoir un roman ». A la même date, Paul Valéry lui aussi n'envisage un possible roman que comme une biographie ou histoire intellectuelle (pour reprendre le premier titre du *Louis Lambert* de Balzac) et il écrit *La Soirée avec Monsieur Teste*, premier fragment « d'un grand ouvrage, qui serait comme le roman d'un cerveau » (mais qui, même avec les fragments ajoutés plus tard, ne sera pas un roman).

Proust ne trouve encore rien dans ses principes qui l'empêche de commencer en 1896 un roman autobiographique, *Jean Santeuil* (qui ne sera publié qu'en 1952) ; mais bientôt lui aussi sera amené à réfléchir fructueusement sur le genre du roman. Le roman français s'infléchira vers un roman de la pure conscience qui refuse « le discours narratif-descriptif du réalisme », et privilégie comme sujet, au lieu des projets de l'ambition sociale, les retours en arrière et la descente en soi qu'exige la recherche de sa propre identité.

Ce que voyait le liseur de 1899 (1). — Insoucieux de ces problèmes, des romanciers sans complexes, n'en continuent pas moins à afficher leur discutable industrie. Il n'est que de parcourir la rubrique *romans* de la *Bibliographie de la France* de 1899 : presque chaque titre se double du sous-titre aguicheur *roman* (33 fois), ou mieux : *roman inédit, grand roman inédit, nouveau grand roman* ; ou plus explicite : *roman de mœurs, roman contemporain, historique, social* ; *grand roman de sentiment, roman dialogué, passionnel illustré, grand roman dramatique, roman épique, d'amour, politique, familier, magique, comique, d'aventures, à clefs* ; ou encore plus précis : *roman antique, de mœurs gallo-romaines, de Paris,*

(1) Nous n'ignorons pas que le siècle des historiens commence en 1801, 1901, 2001, mais nous croyons que c'est le 1er janvier 1800, 1900, 2000, que les lecteurs de romans, comme tout un chacun, ont eu ou auront le sentiment de changer de siècle, voire de millénaire.

espagnol, malais, de mœurs londoniennes ; roman d'aventures mondaines, roman de mœurs littéraires, roman historique anticlérical, grand roman patriotique franco-russe !

Les titres évoquent pour la plupart des héroïnes : turque, fille de la nature ou de la mer, dame du lac ; ils envisagent tous les états : débutante, demoiselle de compagnie, ouvrière, pocharde ou tueuse d'éléphant ; et toutes les misères féminines de « celles qu'on ignore » comme de « celles qui se donnent » : féconde, stérile, encore vestale, disgraciée, suppliciée, innocente, câlineuse, orpheline, sans dot, divorcée ; leur révolte aussi : femme nouvelle, leur égale. La question du mariage (polaire, de finance, *in extremis*, de l'abbé Violette) avec ses suites (seul contre trois belles-mères, les drames de l'adultère) est au premier plan des préoccupations. Les perversités d'Hérodiade ou de Salomé, l'image de l'éternel féminin hante les cervelles romancières. Mais soyons justes : après avoir proposé tant de « câlineuses », le roman du XIXe siècle fait une fin édifiante : dernier titre de roman enregistré à la veille de Noël 1899, *La Grande Amie* de Pierre L'Hermite (pseudonyme du chanoine Edmond Loutil) édité à la Maison de la Bonne Presse.

CHRONOLOGIE (1)

1800 Sade, *Les Crimes de l'amour* ; Mme Cottin, *Malvina* ; Ducray-Duménil, *Paul ou La Ferme abandonnée.*

1801 Chateaubriand, *Atala.*

1802 Chateaubriand, *René* ; Mme de Staël, *Delphine* ; Mme de Souza, *Charles et Marie* ; Mme Cottin, *Amélie de Mansfield* ; Nodier, *Les Proscrits.*

1803 Mme de Charrière, *Louise et Albert* ; Pigault-Lebrun, *Monsieur Botte, Le Citateur.*

1804 Senancour, *Obermann* ; Mme de Krüdener, *Valérie* ; Ducray-Duménil, *Elmonde ou La Fille de l'hospice.*

1806 Mme de Charrière, *Sir Walter Finch et son fils William.*

1807 Mme de Staël, *Corinne ou l'Italie.*

1808 Mme de Souza, *Eugène de Rothelin.*

1809 Chateaubriand, *Les Martyrs.*

1811 Xavier de Maistre, *Le Lépreux de la cité d'Aoste* ; Mme de Souza, *Eugène et Mathilde.*

1815 Sophie Gay, *Anatole.*

1816 Benjamin Constant, *Adolphe.*

1817 Pigault-Lebrun, *Sans souci.*

1818 Nodier, *Jean Sbogar.*

1819 L. F. Raban, *Curé capitaine.*

1820 Nodier, *Adèle* ; Mme de Souza, *Mademoiselle de Tournon.*

1821 D'Arlincourt, *Le Solitaire.*

1822 Lord R'Hoone (pseud. de Balzac), *L'Héritière de Birague* (en collaboration avec Lepoitevin).

1823 Hugo, *Han d'Islande.*

1824 Mme de Duras, *Ourika.*

1825 Hugo, *Bug-Jargal* ; Xavier de Maistre, *La Jeune Sibérienne. Les Prisonniers du Caucase* ; Mme de Duras, *Edouard, Olivier* ; Victor Ducange, *Le Médecin confesseur.*

1826 Chateaubriand, *Les Natchez, Les Aventures du dernier Abencérage* ; Vigny, *Cinq-Mars.*

(1) Pour les romans parus d'abord en feuilleton, nous donnons de préférence la date de cette édition préoriginale.

1827 Stendhal, *Armance* ; Ancelot, *L'Homme du monde* ; Astolphe de Custine, *Aloÿs*.

1829 Mérimée, *Chronique du règne de Charles IX* ; Balzac, *Le Dernier Chouan ou la Bretagne en 1800* ; H. de Latouche, *Fragoleta ou Naples et Paris en 1799*.

1830 Stendhal, *Le Rouge et le Noir*.

1831 Hugo, *Notre-Dame de Paris* ; Balzac, *La Peau de chagrin* ; Janin, *L'Ane mort et la femme guillotinée* ; Sue, *Plick et Plock*, *Atar-Gull* ; G. Sand, *Indiana*.

1832 Balzac, *La Transaction* (devenu *Le Colonel Chabert*), *Le Curé de Tours* ; Sand, *Valentine* ; Vigny, *Stello* ; Sue, *La Salamandre* ; Soulié, *Les Deux cadavres* ; R. de Beauvoir, *L'Ecolier de Cluny* ; A. Karr, *Sous les tilleuls*.

1833 Balzac, *Le Médecin de campagne*, *Ferragus*, *Eugénie Grandet*, *La Duchesse de Langeais* ; G. Sand, *Lélia* ; Sue, *La Vigie de Koat-Ven*.

1834 Balzac, *La Recherche de l'Absolu*, *L'Illustre Gaudissart*, *La Fille aux yeux d'or*, *Séraphita*, *Le Père Goriot* ; Sainte-Beuve, *Volupté* ; Sue, *La Cucaracha* ; Soulié, *Le Vicomte de Béziers* ; P. de Kock, *La Pucelle de Belleville*.

1835 Balzac, *Le Contrat de mariage*, *Le Lys dans la vallée* ; Vigny, *Servitude et grandeur militaires*.

1836 Balzac, *La Vieille fille*, *L'Interdiction*, *Le Cabinet des Antiques* ; Musset, *La Confession d'un enfant du siècle* ; Th. Gautier, *Mademoiselle de Maupin* ; A. de Custine, *Ethel*.

1837 Balzac, *César Birotteau*, *Illusions perdues* (1837-1843), *Les Employés* ; G. Sand, *Mauprat* ; Vigny, *Daphné* ; Soulié, *Les Mémoires du diable* ; Sue, *Latréaumont* ; Desnoyers, *Les Aventures de Jean-Paul Choppart*.

1838 Balzac, *La Maison Nucingen*, *Une fille d'Eve*, *Splendeurs et misères des courtisanes* (1838-1848) ; Sue, *Arthur* ; Ch. de Bernard, *Gerfaut* ; Sand, *Spiridion*.

1839 Balzac, *Béatrix*, *Le Curé de village* ; Stendhal, *La Chartreuse de Parme* ; Sue, *Le Marquis de Létorière* ; J. Sandeau, *Marianna*.

1840 Balzac, *Pierrette* ; Sand, *Le Compagnon du tour de France* ; Sue, *Jean Cavalier* ; Beauvoir, *Le Chevalier de Saint-Georges*.

1841 Balzac, *Ursule Mirouet*, *Une ténébreuse affaire*, *Mémoires de deux jeunes mariées*, *La Rabouilleuse*, *La Fausse Maîtresse* ; Sue, *Mathilde ou les mémoires d'une jeune femme* ; Barbey d'Aurevilly, *L'Amour impossible*.

1842 Balzac, *L'Envers de l'histoire contemporaine*, *Albert Savarus* ; G. Sand, *Horace*, *Consuelo* ; Sue, *Les Mystères de Paris* ; Claude Tillier, *Mon oncle Benjamin*.
1843 Balzac, *La Muse du département*.
1844 Balzac, *Modeste Mignon* ; Sand, *Jeanne* ; Sue, *Le Juif errant* ; P. Féval, *Les Mystères de Londres* (1843-1844) ; A. Dumas, *Les Trois mousquetaires*, *La Reine Margot*, *Le Comte de Monte Cristo* ; Sandeau, *Mademoiselle de La Seiglière*.
1845 Sand, *Le Meunier d'Angibaut* ; Dumas, *Vingt ans après*, *Le Chevalier de Maison-Rouge* ; Mérimée, *Carmen*.
1846 Balzac, *La Cousine Bette* ; Sand, *La Mare au Diable* ; Beauvoir, *L'Hôtel de Pimodan* (devenu en 1859 *Les Mystères de l'île Saint-Louis*) ; Dumas, *La Dame de Montsoreau*.
1847 Balzac, *Le Cousin Pons* ; Sand, *Le Péché de M. Antoine* ; Champfleury, *Chien-caillou* ; Dumas, *Le Vicomte de Bragelonne*.
1848 Dumas fils, *La Dame aux camélias*.
1849 Sand, *La Petite Fadette* ; Lamartine, *Graziella*, *Raphaël* ; Barbey d'Aurevilly, *Une vieille maîtresse* ; Murger, *Scènes de la vie de bohème* ; Sue, *Les Mystères du peuple* (1849-1856) ; Dumas, *Le Collier de la reine*.

1850 Sand, *François le Champi*.
1851 Lamartine, *Geneviève*, *Le Tailleur de pierres de Saint-Point* ; Ch. de Bernard, *La Femme de quarante ans*.
1853 Sand, *Les Maîtres-sonneurs* ; Nerval, *Sylvie* ; Dumas, *Ange Pitou* ; Champfleury, *Les Souffrances du professeur Delteil*.
1854 Barbey d'Aurevilly, *L'Ensorcelée* ; Nerval, *Aurélia* ; Champfleury, *Les Bourgeois de Molinchart*.
1855 Balzac, *Les Paysans* (inachevé et posthume dans la *Revue de Paris*) ; X. de Montépin ; *Les Filles de plâtre*.
1856 Champfleury, *Monsieur de Boisdhyver*.
1857 Flaubert, *Madame Bovary* ; Sand, *Les Beaux Messieurs de Bois-doré* ; About, *Le Roi des montagnes* ; O. Feuillet, *Le Roman d'un jeune homme pauvre* ; Ernest Feydeau, *Fanny* ; Féval, *Le Bossu*.
1858 Gautier, *Le Roman de la momie*.

1860 Sand, *Le Marquis de Villemer* ; E. et J. de Goncourt, *Charles Demailly* ; Duranty, *Le Malheur d'Henriette Gérard*.
1861 Les Goncourt, *Sœur Philomène* ; Taine, *Etienne Meyran* (inachevé, ne paraît qu'en 1910).

1862 Hugo, *Les Misérables* ; Flaubert, *Salammbô* ; Fromentin, *Dominique* ; Duranty, *La Cause du beau Guillaume* ; About, *L'Homme à l'oreille cassée* ; F. Fabre, *Les Courbezon.*

1863 Gautier, *Le Capitaine Fracasse* ; Erckmann-Chatrian, *Madame Thérèse* ; Cherbuliez, *Le Comte Kostia.*

1864 Les Goncourt, *Renée Mauperin* ; Barbey d'Aurevilly, *Le Chevalier des Touches* ; Erckmann-Chatrian, *L'Ami Fritz, Histoire d'un conscrit de 1813* ; comtesse de Ségur, *Les Malheurs de Sophie.*

1865 Barbey d'Aurevilly, *Un prêtre marié* ; les Goncourt, *Germinie Lacerteux.*

1866 Hugo, *Les Travailleurs de la mer* ; Maxime Du Camp, *Les Forces perdues.*

1867 Zola, *Thérèse Raquin* ; les Goncourt, *Manette Salomon* ; O. Feuillet, *Monsieur de Camors* ; Gaboriau, *Le Crime d'Orcival* ; J. Verne, *Les Enfants du capitaine Grant* ; Assolant, *Les Aventures merveilleuses mais authentiques du capitaine Corcoran.*

1868 A. Daudet, *Le Petit Chose* ; Gaboriau, *L'Affaire Lerouge.*

1869 Hugo, *L'Homme qui rit* ; Flaubert, *L'Education sentimentale* ; les Goncourt, *Madame Gervaisais* ; Verne, *Vingt mille lieues sous les mers.*

1870 Zola, *La Fortune des Rougon-Macquart.*

1871 Zola, *La Curée* ; Sandeau, *La Roche aux mouettes.*

1872 Daudet, *Les Aventures prodigieuses de Tartarin de Tarascon.*

1873 Zola, *Le Ventre de Paris* ; Verne, *Le Tour du monde en quatre-vingts jours* ; F. Fabre, *L'Abbé Tigrane, candidat à la papauté.*

1874 Hugo, *Quatre-vingt-treize* ; Gobineau, *Les Pléiades* ; Zola, *La Conquête de Plassans* ; Flaubert, *La Tentation de saint Antoine* ; A. Daudet, *Fromont jeune et Risler aîné.*

1875 Zola, *La Faute de l'abbé Mouret.*

1876 Zola, *Son Excellence Eugène Rougon* ; A. Daudet, *Jack* ; Verne, *Michel Strogoff* ; Huysmans, *Marthe, histoire d'une fille* ; Zola, *L'Assommoir* (1876-1877).

1877 E. de Goncourt, *La Fille Elisa* ; A. Daudet, *Le Nabab.*

1878 Zola, *Une page d'amour* ; H. Malot, *Sans famille.*

1879 Zola, *Nana* ; E. de Goncourt, *Les Frères Zemganno* ; Huysmans, *Les Sœurs Vatard* ; Daudet, *Les Rois en exil* ; Vallès, *L'Enfant* ; Loti, *Aziadé* ; L. Cladel, *Ompdrailles.*

1880 *Les Soirées de Médan*; Loti, *Le Mariage de Loti*; About, *Le Roman d'un brave homme*; Rachilde, *Monsieur Vénus.*

1881 Flaubert, *Bouvard et Pécuchet*; Barbey d'Aurevilly, *Une histoire sans nom*; Huysmans, *En ménage*; Daudet, *Numa Roumestan*; Vallès, *Le Bachelier*; Loti, *Le Roman d'un spahi*; A. France, *Le Crime de Sylvestre Bonnard*; G. Ohnet, *Serge Panine*; Mendès, *Le Roi vierge.*

1882 Zola, *Pot-Bouille*; E. de Goncourt, *La Faustin*; Huysmans, *A vau l'eau*; Ohnet, *Le Maître de forges*; L. Halévy, *L'Abbé Constantin.*

1883 Zola, *Au bonheur des dames*; Maupassant, *Une vie*; Daudet, *L'Evangéliste*; Loti, *Mon frère Yves*; L. Halévy, *La Famille Cardinal*; Juliette Adam, *Païenne.*

1884 Huysmans, *A rebours*; E. de Goncourt, *Chérie*; Zola, *La Joie de vivre* (1883-1884); Daudet, *Sapho*; E. Bourges, *Le Crépuscule des dieux*; Péladan, *Le Vice suprême*; Ponson du Terrail, *Les Drames de Paris. Rocambole*; X. de Montépin, *La Porteuse de pain.*

1885 Zola, *Germinal* (1884-1885); Maupassant, *Bel-Ami*; Daudet, *Tartarin sur les Alpes*; France, *Le Livre de mon ami*; P. Bourget, *Cruelle énigme*; Villiers de l'Isle-Adam, *L'Eve future.*

1886 Zola, *L'Œuvre* (1885-1886); Bloy, *Le Désespéré*; Vallès, *L'Insurgé*; Loti, *Pêcheur d'Islande*; Mirbeau, *Le calvaire*; P. Adam, *Soi.*

1887 Zola, *La Terre*; Huysmans, *En rade*; Maupassant, *Mont-Oriol*; A. Hermant, *Le Cavalier Miserey*; Jules Mary, *Roger-la-Honte*; E. Dujardin, *Les Lauriers sont coupés.*

1888 Zola, *Le Rêve*; Maupassant, *Pierre et Jean*; Loti, *Madame Chrysanthème*; Mirbeau, *L'Abbé Jules*; P. Arène, *La Chèvre d'or*; Barrès, *Sous l'œil des Barbares.*

1889 Maupassant, *Fort comme la mort*; Bourget, *Le Disciple*; Barrès, *Un homme libre*; A. France, *Thaïs*; C. Flammarion, *Uranie.*

1890 Zola, *La Bête humaine* (1889-1890); Maupassant, *Notre cœur*; Daudet, *L'Immortel*; Loti, *Le Roman d'un enfant*; Mirbeau, *Sébastien Roch, roman de mœurs*; Remy de Gourmont, *Sixtine*; Rosny aîné, *Le Termite, roman de mœurs littéraires*; F. Fabre, *L'Abbé Roitelet.*

1891 Zola, *L'Argent* (1890-1891); Huysmans, *Là-Bas*; Barrès, *Le Jardin de Bérénice*; Gide, *Les Cahiers d'André Walter.*

1892 Zola, *La Débâcle* ; Rosny aîné, *Vamireh* ; Rodenbach, *Bruges-la-Morte* ; Gide, *Le Voyage d'Urien.*

1893 Zola, *Le Docteur Pascal* ; Barrès, *L'Ennemi des lois* ; Loti, *Matelot* ; Bourget, *Cosmopolis* ; Elemir Bourges, *Les Oiseaux s'envolent et les fleurs tombent* ; Léon Daudet, *L'Astre noir* ; France, *La Rôtisserie de la reine Pédauque*, *Les Opinions de Jérôme Coignard* ; Courteline, *Messieurs les Ronds-de-cuir, tableaux-roman de la vie de bureau.*

1894 J. Renard, *Poil de carotte*, *L'Ecornifleur* ; France, *Le Lys rouge* ; L. Daudet, *Les Morticoles* ; M. Prévost, *Les Demi-vierges* ; Gyp, *Le Mariage de Chiffon* ; Paul d'Ivoi et H. Chabrillat, *Les Cinq sous de Lavarède.*

1895 Huysmans, *En route* ; Gide, *Paludes* ; Jules Le Roy, *Le Moulin du Frau.*

1896 Pierre Louÿs, *Aphrodite.*

1897 Bloy, *La Femme pauvre* ; Jean Lorrain, *Monsieur de Bougrelon* ; Barrès, *Les Déracinés* ; France, *L'Orme du Mail* et *Le Mannequin d'osier.*

1898 Huysmans, *La Cathédrale* ; P. Margueritte, *Le Désastre* ; P. Louÿs, *La Femme et le pantin* ; P.-J. Toulet, *Monsieur du Paur, homme public.*

1899 France, *L'Anneau d'améthyste*, *Pierre Nozière* ; Mirbeau, *Le Jardin des supplices* ; Hugues Rebell, *La Câlineuse* ; F. Jammes, *Clara d'Ellébeuse ou l'Histoire d'une ancienne jeune fille* ; R. Bazin, *La Terre qui meurt* ; E. Le Roy, *Jacquou le Croquant.*

TABLE DES MATIÈRES

10

Imprimé en France
Imprimerie des Presses Universitaires de France
73, avenue Ronsard, 41100 Vendôme
Septembre 1988 — N° 34 106